KB028299

東靑龍 · 五

낭송 열하일기

낭송Q시리즈 동청룡 05
낭송 열하일기

발행일 초판7쇄 2022년 3월 25일(壬寅年 癸卯月 丁丑日)
지은이 박지원 | **풀어 읽은이** 길진숙 | **펴낸곳** 북드라망 | **펴낸이** 김현경
주소 서울시 종로구 사직로 8길 1221호(내수동, 경희궁의아침 2단지)
전화 02-739-9918 | **이메일** bookdramang@gmail.com

ISBN 978-89-97969-43-2 04810 978-89-97969-37-1(세트) | 이 도서의 국립중앙도서관 출판시도서목록(CIP)은 서지정보유통지원시스템 홈페이지(http://seoji.nl.go.kr)와 국가자료공동목록시스템(http://www.nl.go.kr/kolisnet)에서 이용하실 수 있습니다. (CIP제어번호: CIP2014030329) | 이 책은 저작권자와 북드라망의 독점계약에 의해 출간되었으므로 무단전재와 무단복제를 금합니다. 잘못 만들어진 책은 서점에서 바꿔 드립니다.

책으로 여는 지혜의 인드라망, 북드라망 **www.bookdramang.com**

낭송
Q
시리즈

동청룡
05

낭송
열하일기

박지원
지음

길진숙
풀어
읽음

고미숙
기획

티

▶ 낭송Q시리즈 『낭송 열하일기』 사용설명서 ◀

1. '낭송Q'시리즈의 '낭송Q'는 낭송의 달인 호모 큐라스'의 약자입니다. '큐라스'(curas)는 '케어'(care)의 어원인 라틴어로 배려, 보살핌, 관리, 집필, 치유 등의 뜻이 있습니다. '호모 큐라스'는 고전평론가 고미숙이 만든 조어로, 자기배려를 하는 사람, 즉 자신의 욕망과 호흡의 불균형을 조절하는 능력을 지닌 사람을 뜻하며, 낭송의 달인이 호모 큐라스인 까닭은 고전을 낭송함으로써 내 몸과 우주가 감응하게 하는 것이야말로 최고의 양생법이자, 자기배려이기 때문입니다(낭송의 인문학적 배경에 대해 더 궁금하신 분들은 고미숙이 쓴 『낭송의 달인 호모 큐라스』를 참고해 주십시오).

2. 낭송Q시리즈는 '낭송'을 위한 책입니다. 따라서 이 책은 꼭 소리 내어 읽어 주시고, 나아가 짧은 구절이라도 암송해 보실 때 더욱 빛을 발합니다. 머리와 입이 하나가 되어 책이 없어도 내 몸 안에서 소리가 흘러나오는 것, 그것이 바로 낭송입니다. 이를 위해 낭송Q시리즈의 책들은 모두 수십 개의 짧은 장들로 이루어져 있습니다. 암송에 도전해 볼 수 있는 분량들로 나누어 각 고전의 맛을 머리로, 몸으로 느낄 수 있도록 각 책의 '풀어 읽은이'들이 고심했습니다.

3. 낭송Q시리즈 아래로는 동청룡, 남주작, 서백호, 북현무라는 작은 묶음이 있습니다. 이 이름들은 동양 별자리 28수(宿)에서 빌려 온 것으로 각각 사계절과 음양오행의 기운을 품은 고전들을 배치했습니다. 또 각 별자리의 서두에는 판소리계 소설을, 마무리에는 『동의보감』을 네 편으로 나누어 하나씩 넣었고, 그 사이에는 유교와 불교의 경전, 그리고 동아시아 최고의 명문장들을 배열했습니다. 낭송Q시리즈를 통해 우리 안의 사계를 일깨우고, 유(儒)·불(佛)·도(道) 삼교회통의 비전을 구현하고자 한 까닭입니다. 아래의 설명을 참조하셔서 먼저 낭송해 볼 고전을 골라 보시기 바랍니다.

▷ 동청룡: 『낭송 춘향전』, 『낭송 논어/맹자』, 『낭송 아함경』, 『낭송 열자』, 『낭송 열하일기』, 『낭송 전습록』, 『낭송 동의보감 내경편』으로 구성되어 있습니다. 동쪽은 오행상으로 목(木)의 기운에 해당하며, 목은 색으로는 푸른색, 계절상으로는 봄에 해당합니다. 하여 푸른 봄, 청춘(靑春)의 기운이 가득한 작품들을 선별했습니다. 또한 목은 새로운 시작을 의미하기도 합

니다. 청춘의 열정으로 새로운 비전을 탐구하고 싶다면 동청룡의 고전과 만나 보세요.

▷ 남주작 : 『낭송 변강쇠전/적벽가』 『낭송 금강경 외』 『낭송 삼국지』 『낭송 장자』 『낭송 주자어류』 『낭송 홍루몽』 『낭송 동의보감 외형편』으로 구성되어 있습니다. 남쪽은 오행상 화(火)의 기운에 속합니다. 화는 색으로는 붉은색, 계절상으로는 여름입니다. 하여, 화기의 특징은 발산력과 표현력입니다. 자신감이 부족해지거나 자꾸 움츠러들 때 남주작의 고전들을 큰소리로 낭송해 보세요.

▷ 서백호 : 『낭송 흥보전』 『낭송 서유기』 『낭송 선어록』 『낭송 손자병법/오기병법』 『낭송 이옥』 『낭송 한비자』 『낭송 동의보감 잡병편 (1)』로 구성되어 있습니다. 서쪽은 오행상 금(金)의 기운에 속합니다. 금은 색으로는 흰색, 계절상으로는 가을입니다. 가을은 심판의 계절, 열매를 맺기 위해 불필요한 것들을 모두 떨궈내는 기운이 가득한 때입니다. 그러니 생활이 늘 산만하고 분주한 분들에게 제격입니다. 서백호 고전들의 울림이 냉철한 결단력을 만들어 줄 테니까요.

▷ 북현무 : 『낭송 토끼전/심청전』 『낭송 노자』 『낭송 대승기신론』 『낭송 동의수세보원』 『낭송 사기열전』 『낭송 18세기 소품문』 『낭송 동의보감 잡병편 (2)』로 구성되어 있습니다. 북쪽은 오행상 수(水)의 기운에 속합니다. 수는 색으로는 검은색, 계절상으로는 겨울입니다. 수는 우리 몸에서 신장의 기운과 통합니다. 신장이 튼튼하면 청력이 좋고 유머감각이 탁월합니다. 하여 수는 지혜와 상상력, 예지력과도 연결됩니다. 물처럼 '유동하는 지성'을 갖추고 싶다면 북현무의 고전들과 함께해야 합니다.

4. 낭송은 최고의 휴식입니다. 소리의 울림이 호흡을 고르게 하고, 이어 몸과 마음이 평온해집니다. 혼자보다 가족과 친구, 연인과 함께하시면 더욱 효과가 좋습니다. 또한 머리맡에 이 책을 상비해 두시고 잠들기 전 한 꼭지씩만 소리 내어 읽어 보세요. 불을 끄고 자리에 누워서는 방금 읽은 부분을 낭송해 보세요. 개운한 아침을 맞을 수 있을 것입니다.

5. 이 책 『낭송 열하일기』는 박지원 저 『열하일기』의 발췌 편역본입니다. 『열하일기』의 원 체재(體裁)는 이 책 말미에 실린 『열하일기』 원목차' 부분을 참조하십시오.

차 례

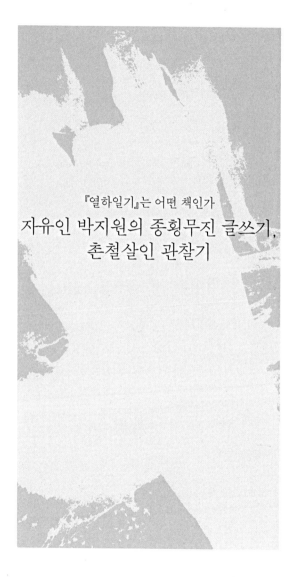

『열하일기』는 어떤 책인가

자유인 박지원의 종횡무진 글쓰기,
촌철살인 관찰기

1. 18세기 지식인들, 청나라에 눈뜨다

18세기 조선 지식인들은 연행燕行: 사신이 중국의 베이징에 가던 일을 다녀오면서 눈부신 청나라 문명에 내심 놀랄 수밖에 없었다. 실제 청나라는 생각한 것과 너무 달랐기 때문이다. 그러나 조선 지식인들은 청나라의 현재를 수용할 수 없었다. '북벌'北伐이라는 대의를 버릴 수 없었으므로 청나라에 대해서도 이전의 시선(누린내 나는 야만의 나라, 변발한 오랑캐 만주족의 나라)을 고수했던 것이다.

그러던 중 오랑캐라는 관념을 벗어던지고, 청나라의 문명 상태를 있는 그대로 전한 선발주자가 있었으니, 그가 바로 담헌湛軒 홍대용洪大容이다. 홍대용은 1765년 서른다섯 살에 서장관書狀官: 외국에 보내는 사신 가운데 기록을 맡아 보던 임시 벼슬인 숙부 홍억의 자제군관으로 중국에 다녀와 『연행록』燕行錄을 썼고, 연경에서 청나라 지식인들과 주고받은 대화를 『건정동필담』乾淨衕筆談이란 제목으로 정리했다. 홍대용은 청나라 문물의 번성함에 놀랐으며, 중국 항주의 선비 엄성嚴誠, 육비陸飛, 반정균潘庭筠 등의 내로라하는 지식인들을 연경의 유리창에서 만나 커다란 문화충격을 받는다. 담

헌은 이들과 평생 소식을 주고받을 정도의 천애지기
天涯知己: 멀리 떨어져 있지만 서로를 알아주는 각별한 친구가 되었다.

홍대용은 이를 계기로 한족漢族 문명을 높이고 오랑
캐를 물리쳐야 한다는 존주대의尊周大義의 허위적 명
분을 벗어던진다. 현재의 청나라는 오랑캐 야만의
나라가 아니라 곧 중화문명임을 인식하고, 마침내는
오랑캐와 중화라는 구분도 깨뜨린다. 궁극에는 조선
도 오랑캐가 아님, 문명과 야만의 판도는 상황에
따라 달라진다는 사유를 통해 청나라에 대한 새로운
인식을 촉발했다.

그뒤 이덕무李德懋, 유득공柳得恭, 박제가朴齊家가
1778년 사은사謝恩使 채제공蔡濟恭을 따라 연경에 다
녀온다. 박제가는 연행을 다녀온 직후『북학의』北學
議를 써서 청나라를 배워야 조선이 문명국이 될 수
있음을 강력하게 피력한다. 청나라로부터 배우자는
'북학'北學은 박제가에게서 본격화된다. 박제가는 청
나라의 문명과 청나라의 지식인들에게 경도되어 중
국어를 공용어로 사용해야 한다는 과격한 발언도 서
슴지 않았다. 그는 청나라의 문물을 견학하면서 조
선 백성들을 위해 이용후생利用厚生이 먼저 이루어져
야 함을 절실하게 깨달았다. 조선의 고식과 편견, 가

난과 문화적 후진성은 청나라의 문물제도를 배우지 않고는 제거되지 않을 것이라고 생각했다. 박제가에게는 청나라로 가는 열차에 올라타는 것만이 자신과 조선을 살릴 수 있는 유일한 길이었다. 이 때문에 그는 당괴唐魁라는 말을 들을 정도로 심하게 청나라를 추종했던 것이다.

이들은 모두 연암 박지원의 친구들이었다. 연암은 청나라를 체험한 친구들로부터 많은 이야기를 들으면서 조선의 현실과 청나라의 현재를 비교할 수 있었다. 그리고 청나라에 대한 호기심이 점점 커져 갔다. 내심 청나라 땅을 직접 밟아 보고 싶었던 연암에게도 기회가 왔다. 1780년, 삼종형팔촌형 박명원이 건륭황제의 만수절萬壽節: 70세 생일 축하의식 축하 사절단으로 중국에 가면서 박지원을 자제군관으로 데려가게 된 것이다. 자제군관은 공식 사행단이 아니라 개인 수행원으로서, 자유로운 여행객과 다를 바 없었다. 드디어 연암은 청나라에 발을 디디게 됨으로써 친구들로부터 배운 청나라의 실상을 몸소 체험하며 길 위의 모험을 시작한다.

2. 『열하일기』의 탄생

홍대용과 박제가에게도 오지 않은 행운이 연암에게 예고 없이 찾아온다. 만수절 사절단의 최종 목적지가 연경이 아니라 청나라 황제의 피서지가 있는 열하로 변경된 것이다. 황제가 열하에서 사절단을 기다리고 있었기 때문이다. 연암은 열하를 밟는 역사적 순간을 맞이한 것이다. 더구나 열하에서 건륭황제와 서장티베트의 4대 라마인 반선 라마를 접견하는 행운까지 잡는다. 이 때문에 조선 사신단 누구도, 조선 지식인 누구도 남길 수 없는 열하에 대한 유일한 기행문이 탄생할 수 있었다. '연경일기' 혹은 '연행록'이 되었을 뻔한 기행문이 『열하일기』가 된 건 이토록 우연한 사건에서 비롯되었다.

박지원이 연행을 끝내고 돌아올 때, 그의 큰 보따리에는 오직 벼루, 붓, 일기와 중국인들과 필담한 종이만이 가득했다. 그리고 돌아와 3년여의 시간을 들여 『열하일기』를 완성한다. 『열하일기』는 1780년 5월에 길을 떠나 압록강에서 북경, 북경에서 열하, 열하에서 다시 북경, 북경에서 압록강으로 귀국하는 장장 6개월에 걸친 중국 대장정에 대한 기록이다.

연암은 『열하일기』 원고를 박산여, 이덕무, 박제가, 남공철 등에게 읽어 주었다. 낭송을 마친 후 산여는 패관기서稗官奇書 : 민간에서 수집한 이야기에 창의성과 윤색을 더한 산문체로 고문이 진흥되지 않을까 걱정된다고 『열하일기』를 태우려 했다. 친구들이 『열하일기』를 불온한 서적으로 자체 검열했던 것이다. 그런데 책을 절반도 집필하기 전에 이미 『열하일기』는 문사들 사이에서 화제가 된다. 돌려가며 읽고, 베끼고 세상에 유포되어 회수할 수도 없을 정도였다. 그만큼 『열하일기』는 흥미를 유발했고 화제의 중심이 되었다.

지식인들은 『열하일기』에 당황하고, 매혹되고, 열광했다. 그 어떤 반응이든 화제를 불러온 이유는 『열하일기』가 새로운 글쓰기였기 때문이었다. 도저히 규정할 수 없는 양식으로 이루어진 여행기. 여행기이긴 하지만 패관소설 같기도 하고 논설 같기도 하고, 서사가 있는가 하면 객관적 정보가 담긴 책. 경제, 건축, 풍속, 역사, 지리, 철학, 이야기 등등 어느 한 분야로 묶을 수도 없는 종횡무진의 글쓰기. 방대하고 세세한 관찰의 결정판. 그것이 『열하일기』였다. 격식에도 맞지 않고, 어떤 틀에도 갇히지 않는 책. 그래서 흥미진진하지만 불온하게 보이는 책이었다.

3. 종횡무진·흥미진진! 여행 너머 삶의 이야기

우물 안 선비 박지원은 생애 처음 조선 땅을 넘어 중원 땅을 밟는 긴 여정을 시작한다. 대장정을 떠나는 연암의 행장은 단출하기 짝이 없다. 먹과 벼루와 공책이 전부다. 연암이 청나라로 가는 이유는 다른 게 없었다. 오직 중국을 보고 듣고 숨쉬고 말하고 만지고 느끼며, 그리고 체험한 그대로를 쓰는 것뿐! 그러니 다른 짐은 필요가 없었다. 그렇게 연암은 체험하고, 기록하기로 작정하고 압록강을 건넜다.

압록강에서 연경까지의 거리는 약 이천삼백여 리, 여기에 예기치 않게 연경에서 열하까지 갔으니 그 거리는 다시 칠백여 리쯤 더 늘어났다. 강을 건너 요동으로, 요동에서 성경^{심양}으로, 다시 성경에서 산해관으로, 산해관을 지나 북경으로, 북경에서 열하로 이르는, 그 길고 험난한 여정에서 연암은 수없이 많은 사건을 만들었다. 연암과 만난 그 깨알 같은 중원 대륙의 모습 하나하나가 『열하일기』를 통해 매우 진기하고 발랄하게 재탄생하였다.

조선에서도 백수, 사신단에서도 자유인. 그에게는 특별한 목적이 없었다. 연암은 완전히 열려 있었다.

따라서 그는 자유롭게 사유하고, 남들이 거들떠보지 않는 미세한 부분에까지 시야가 미칠 수 있었다. 그 결과 '중국 제일의 장관은 기와 조각과 똥덩어리에 있다'는 『열하일기』의 대표적 명제가 탄생한다. 가장 낮고 천한 것에서 가장 깊고 근원적인 것을 찾아내는 이 놀라운 통찰력은 '북벌 대 북학'의 이분법을 넘어 문명론 일반의 통념과 편견을 통째로 뒤엎고 있다. 문명이란 결국 그 시대 사람들의 생활과 문화의 총체가 아니던가? 똥과 쓰레기는 무엇을 먹는지, 어떻게 사는지를 가장 적나라하게 보여 준다.

이렇듯 연암이 말한바, 북학의 요체는 매우 낮은 곳에 있다. 천하의 정비된 제도는 아주 천근하고^{지식} 등이 깊지 아니하고 얕음 미세한 것을 처리하는 방식에서 시작된다. 조선이 갈 길은 단순히 청나라의 화려한 문물제도를 모방하는 데 있지 않았다. 문명의 핵심이 산천의 풍광이나 화려한 유적이나 행정 시스템에 있지 않고 '일상'에 있음을 간파했다고 할까? 어떤 것 하나 소홀히 하지 않는 그 매무새와 마음에 장관이 있다. 문명의 표지는 습속의 문제다. 일상을 구성하는 윤리, 습속이 진정 나다! 자잘하지만 일용하는 그것들이 우리를 규정한다. 갠지스강의 모래알에 시방

세계가 들어 있는 것처럼!

더 나아가서는 생과 사, 빈부귀천의 그 사이에서 길을 찾아내려 했다. 부유해도 돈에 끄달리지 않고, 가난해도 가난에 끄달리지 않기(「허생전」), 인성人性과 물성物性의 경계를 뛰어넘어 버리기(인물성동론人物性同論,「호질」虎叱). 삶과 죽음에 대한 관념 해체하기(「일야구도하기」一夜九渡河記). 정보와 유머, 기문과 패관잡기의 문체 사이를 자유자재로 넘나들기. 고문과 소품문의 경계를 해체하기. 그의 바람대로 『열하일기』는 세상에 어디에도 없는 새로운 책이 되었다. 읽으면 읽을수록 다른 것이 보이고, 다른 사유들에 놀라게 되는 책. 『열하일기』의 길 찾기는 끝나지 않았고, 연암의 사유는 아직 멈추지 않았다.

4. 권위 없는(?) 글쓰기, 범람하는 유머

연암이 가장 좋아한 말은 무엇일까? 그리고 사람들에게 받고 싶었던 응답은 무엇일까? 바로 포복절도抱腹絶倒!

조선시대 문장가 중에 연암처럼 웃기는 문장가는

찾기 어렵다. 조선시대의 여러 문집이나 문장 중에서『연암집』과『열하일기』만큼 유쾌하고 해학이 넘치는 텍스트는 없다. 내게 있어서는.『연암집』과『열하일기』의 유머와 촌철살인의 웃음과 그 사이에서 빚어지는 역설의 하모니는 공명도에 있어서 그 어떤 글보다 강도가 가장 세다. 게다가 그의 웃음기는 따뜻하고 지혜롭다. 그래서 연암의 문장을 사랑하지 않을 수 없다. 이 범람하는 유머가 없었다면『열하일기』를 다 읽지 못했을 것이다. 이 유머는『열하일기』를 살아 있는 여행기로 만들며, 심장을 바운스 바운스~ 우리의 기운을 활발하게 해주는 기술이다.

『열하일기』구석구석에서 연암은 힘을 쭉 뺐다. 어떤 권위의식도 지니지 않았고, 조금의 엄숙주의조차 보이지 않았다. 양반네들, 혹은 선비들은 좋게 말해 신념에 살고, 체면에 사는 그런 부류의 사람들이라고 여긴다. 그러나 실제로도 모든 선비들이 그렇게만 살았을까? 제도권으로부터 탈주했던 연암, 어디에 매인 데 없는 자유인, 자발적 백수였던 연암은 우리의 상식을 깨뜨린다. 연암은 글에서도 삶에서도 힘을 주지 않는다. 타자를 보는 시선도, 자신을 보는 시선도 매우 자유로웠다. 마치 어린아이와 같이 순수했다. 신분·나이·종족을 가리지 않고, 대면하는 모든 사람들에 대해 지극한 관심을 보였고, 섬세하게 그 특징을 묘사했다. 심지어 타인들의 고루한 편향도 가감없이 말하고, 자신의 고루한 편향도 그대로 드러냈다. 그런 연암의 깨달음이 우리에게 웃음을 던진다. 그래서 연암이 던지는 유머와 웃음이 넘쳐나는 사건들은 우리에게 폭포수처럼 시원하고 청량한 웃음을 준다.

어린아이와 같은 호기심과 명랑성은 모든 전제를 무너뜨린다. 연암에겐 그야말로 성역도, 권역도 없다. 그는 세상 모든 것을 향해 눈과 귀와 마음을 열고 그들과 함께 호흡했다. 아름다운 풍경에 감탄하고, 감격에 겨웠을 때는 한껏 감동하며, 통곡해야 할 때는 맘껏 울음을 터뜨리고, 좋은 것을 좋다 하고, 웃긴 것을 웃기게 표현했다. 그래서 『열하일기』를 낭송하다 보면, 우리들은 솔직해지고 경쾌해지며 명랑해진다. 무장해제! 그리하여 새로운 감식안이 생겨난다. 있는 그대로를 보고, 느끼고, 말할 수 있는 감각의 혁명! 안으로부터 꿈틀, 생성하는 기운을 느낄 것이다.

*　*　*

『낭송 열하일기』는 북드라망 출판사에서 간행한『열하일기』의 편역본『세계 최고의 여행기 열하일기』(고미숙, 길진숙, 김풍기 공역, 전2권) 번역본을 저본으로 삼아 낭송에 적합한 글들을 뽑았고, 이 글들에 약간의 윤문만 더했다.

『열하일기』의 원 체재體裁는 여정 순서에 따라「도강록」,「성경잡지」,「일신수필」,「관내정사」,「막북행정록」,「태학유관록」,「환연도중록」으로 구성되어 있고, 여정기 안에 담을 수 없는 성격의 글들이 부록편으로 묶여 있다. 그 부록편은「경개록」,「심세편」,「망양록」,「곡정필담」,「찰십륜포」,「반선시말」,「황교문답」,「피서록」,「양매시화」,「동란섭필」,「옥갑야화」,「행재잡록」,「금료소초」,「환희기」,「산장잡기」,「구외이문」,「황도기략」,「알성퇴술」,「앙엽기」로 구성되어 있다. 『세계 최고의 여행기 열하일기』는 원본과는 조금 다르게 여정 순서를 중심으로 전체 목차를 구성했고, 부록편 중 반드시 읽어야 할 글들을 선택해서 해당 여정기에 첨부했다.

낭송본의 구성은『세계 최고의 여행기 열하일기』에 의거하여 여정의 흐름을 고려해 편집했지만, 여정의 순서나 맥락을 우선으로 하기보다는 매 편마다 독립적인 이야기로 전달될 수 있도록 재배치하였다. 낭송을 통해 각 편의 글에 담긴 연암의 사유와 문체, 그리고 그 시대 사람들의 움직임을 세심하게 음미할 수 있기를 바란다.

2014년 가을

남산강학원에서

길진숙

낭송Q시리즈 동청룡
낭송 열하일기

1부
국경 너머 청나라로

1-1.
길은 이것과 저것 사이에 있다!

"자네, 길道을 아는가."

수역首譯: 통역관리의 우두머리 홍명복洪命福에게 물었다.

"예에? 무슨 말씀이시온지?"

"길이란 알기 어려운 게 아니야. 바로 저편 언덕에 있거든."

"『시경』에서 이른바 '먼저 저 언덕에 오른다'는 말씀을 이르시는 겁니까?"

"그런 말이 아니야. 이 강은 바로 저들과 우리 사이에 경계를 만드는 곳일세. 언덕이 아니면 곧 물이란 말이지. 사람의 윤리와 만물의 법칙 또한 저 물가 언덕과 같네. 길이란 다른 데서 찾을 게 아니라 바로 이 사이에 있는 것이지."

"무슨 뜻인지요?"

"인심人心은 위태롭고 도심道心은 가려져 드러나지 않는 법이지. 서양 사람들은 기하학의 한 획을 변증하면서 선 하나를 가지고 가르쳤다네. 그런데도 그 미세한 부분을 다 변증하지 못해 '빛이 있기도 하고 없기도 한 경계'라고 말했어. 이건 바로, 부처가 말한 '닿지도 떨어져 있지도 않는다'는 그 경지일세. 그러므로 이것과 저것, 그 '사이'에 존재하는 것은 오직 길을 아는 이라야만 볼 수 있는 법, 옛날 정자산鄭子産 같은 사람이라야 될걸."

그 사이에 배는 벌써 언덕에 닿았다. 옷감을 짜 놓은 듯 촘촘한 갈대 때문에 땅바닥이 보이지 않는다. 하인들이 다투어 언덕으로 내려섰다. 갈대를 꺾어 낸 뒤 서둘러 배 위에 깔았던 자리를 땅에 펼쳤다. 그렇지만 갈대 뿌리는 창날 같고 검은 흙은 너무 질어서 어쩔 도리가 없다. 하여, 정사正使: 사신단의 우두머리가 되는 사람 이하 모두가 우두커니 갈대밭 가운데 서 있을 수밖에 없었다.

말 위에서 칼을 뽑아 갈대 하나를 베어 보았다. 껍질은 단단하고 속은 두툼하다. 화살은 못 만들겠지만 붓자루를 만들기에는 딱이다. 놀란 사슴 한 마리가 갈대숲을 뛰어넘어 달려간다. 보리밭 저편 끝에서 날아오르는 새처럼 가뿐하다. 일행이 모두 놀랐다. 십

리를 가서 삼강에 이르렀다. 강물은 비단결처럼 맑다. 여기가 바로 애랄하다. _「도강록」(渡江錄), 6월 24일

1-2.
눈부신 청나라와 부처의 평등안?

책문 밖에서 다시 안쪽을 바라보았다. 여염집들은 모두 오량집처럼 높다. 오량집은 도리 다섯 개를 써서 지붕틀을 만든 집이다. 띠풀로 이엉을 했다. 등마루는 흰칠하고 대문은 가지런히 정돈되어 있다. 거리는 평평하고 곧아서 양쪽 길가로 먹줄을 친 듯 곧고 반듯하다. 담은 모두 벽돌로 쌓았다. 사람용 수레와 화물용 수레들이 섞여 길을 지난다. 벌여 놓은 그릇들은 모두 그림이 그려진 도자다. 그 모양새는 어디를 봐도 시골티라곤 나지 않는다. 나의 벗 홍대용에게 중국 문물의 거대한 규모와 세밀한 수법에 대해 이미 듣고 왔다. 그럼에도 중국의 동쪽 끝 촌구석도 이 정돈데 도회지는 대체 어느 정도일까 생각하니 기가 팍 죽는다. 돌아가고 싶은 마음이 굴뚝같아지면서

나도 모르게 등줄기가 후끈거린다. 순간 나는 통렬히 반성한다.

'이것도 남을 시기하는 마음이지. 난 본래 천성이 담박해서 남을 부러워하거나 시기하는 마음이 조금도 없었는데……. 이제 다른 나라에 한 발을 들여놓았을 뿐, 아직 이 나라의 만 분의 일도 못 보았는데 벌써 이런 그릇된 마음이 일다니, 대체 왜? 아마도 내 견문이 좁은 탓일 게다. 만일 부처님의 밝은 눈으로 시방세계十方世界를 두루 살핀다면 무엇이든 다 평등해 보일 테지. 모든 게 평등하면 시기와 부러움이란 절로 없어질 테고.'

장복연암을 수행하던 하인을 돌아보며 물었다.

"만일 네가 중국에서 태어났다면 어떻겠느냐?"

"중국은 되놈의 나라잖아요. 소인은 싫습니다요."

"맙소사!" _「도강록」, 6월 27일

1-3.
되놈의 기세를 꺾어라!

시냇가에서 떠들썩하며 뭔가 다투는 소리가 난다. 말소리가 새 지저귀는 듯하여 한마디도 알아들을 수가 없다. 급히 가 보았다. 득룡이 바야흐로 뭇 되놈들과 예물이 많다는 등 적다는 등 다투고 있다. 예단을 나눠 줄 때는 반드시 전례를 따라야 한다. 그런데 봉황성의 간사한 되놈들은 반드시 명목을 붙여 숫자를 덧보탠다. 이에 대한 처리가 잘되고 못 되는 건 전적으로 상판사上判事: 통역관의 마두에게 달려 있다. 만일 마두가 풋내기라든지 중국말이 시원찮다든지 하면, 그 자들과 다투는 건 불가능하다. 그냥 달라는 대로 줄 수밖에 없다. 그리고 올해 이렇게 하면 내년에는 벌써 전례가 된다. 그러니 반드시 다투어야만 한다. 사신들은 이러한 사리를 모르고 그저 책문에 들어가는

데만 급급해서 늘상 역관을 재촉한다. 그러면 역관은 또 마두를 재촉하니, 그 폐단이 오래되었다.

상판사의 마두 상삼이 막 예단을 나눠 주려고 하자, 되놈 백여 명이 빙 둘러선다. 그중 하나가 갑자기 커다란 소리로 상삼을 욕하자, 득룡이 수염을 꼿꼿이 세우고 눈을 부라리면서 곧장 앞으로 달려 나간다. 다짜고짜 녀석의 가슴을 움켜잡고 주먹을 휘두르며 팰 것 같은 기세다. 득룡은 되놈들을 둘러보며 큰소리친다.

"뻔뻔하고 무례한 놈 같으니라구! 지난해에는 대담하게도 이 어르신네 쥐털 목도리를 훔쳐 갔지. 또 그작년엔 이 어르신께서 주무시는 틈을 타서 허리에 찼던 칼을 뽑아 칼집에 달린 술을 끊어 갔지. 더구나 차고 있던 주머니까지 훔치려다가 들키는 바람에 오지게 얻어터져 얼굴이 알려지게 된 놈 아냐! 그때는 애걸복걸 싹싹 빌면서 목숨을 살려 주신 부모 같은 은인이라 하더니. 오랜만에 왔다고 이 어르신께서 네놈의 상판을 몰라보실 줄 알았느냐? 겁 대가리 없이 이 따위로 소리를 지르고 떠들다니. 요런 쥐새끼 같은 놈은 대가리를 휘어잡아 봉성장군 앞으로 끌고 가야 돼!"

여러 되놈이 일제히 말리며 풀어 달라고 야단이다.

그들 중 수염이 멋들어지고 옷차림이 말쑥한 자 하나가 앞으로 나서더니 득룡의 허리를 껴안고 사정한다.

"형님, 이제 그만 화 푸세요."

득룡이 그제야 화를 풀고 빙그레 웃는다.

"내 정말 동생 체면만 아니었다면 이 자식 쌍판을 한 방 갈겨서 저 봉황산 밖으로 내던져 버렸을 거야."

하는 짓이 참으로 우습다. 판사 조달동趙達東이 마침 내 곁에 와 서기에 조금 전의 그 광경을 이야기해 주었다.

"혼자 보긴 아깝더구먼."

그러자 조군이 웃으며 말한다.

"그야말로 살위봉법殺威棒法이네요. 득룡의 수완은 정말 알아줘야 해요. 털목도리나 칼 주머니를 잃어버린 일 같은 건 전혀 없었거든요. 공연히 트집을 잡아서 그중 한 놈을 작살내 버리는 거예요. 그러면 나머지 녀석들은 절로 기가 팍 죽어서 그냥 물러서거든요. 그렇게 안 했더라면 사흘이 가도 끝이 안 났을걸요. 책문 안으로 절대 못 들어갔을 겁니다."

조군이 득룡을 재촉한다.

"사또께서 이제 곧 책문으로 들어가실 거야. 빨리 예단을 나눠 주어라."

득룡이 계속 "예이, 예이" 하며 짐짓 바쁜 척을 한다.

나는 일부러 그곳에 머물며 나눠 주는 물건의 명단을 상세히 살폈다. 품목이 아주 잡다하다. 되놈들은 끽 소리 없이 주는 대로 받아 가지고 가 버린다. _「도강록」,

6월 27일

1-4.
책문을 지날 때는, 어물쩍!

삼사가 차례차례 책문으로 들어간다. 장계狀啓: 왕명을 받고 지방에 나가 있는 신하가 자기 관하(管下)의 중요한 일을 왕에게 보고하던 일. 또는 그런 문서는 전례에 따라 의주의 창군에게 부쳐서 돌려보낸다.

일단 이 문을 들어서면 중국 땅이다. 이제 고국의 소식은 끊어지고 만다. 서글프게 동쪽 하늘을 바라보다가, 한참 뒤 몸을 돌려 천천히 책문 안으로 들어갔다. 길 오른편엔 풀로 지붕을 얹은 세 칸짜리 관청 건물이 있다. 문상어사·봉성장군으로부터 아역衙譯에 이르기까지 자기들 직급에 따라 의자에 걸터앉아 우리 일행의 예를 받을 차비를 하고 있었다. 수역 이하 하인들도 그 앞에 팔짱을 끼고 근엄하게 서 있다.

사신이 그 앞에 이르면 마두가 갑자기 하인에게 호통

을 친다. 그러면 가마를 멈추고 말의 멍에를 벗기는 척하다가, 재빨리 달려서 후다닥 지나간다. 예를 갖추는 시늉만 하는 것이다. 부사·서장관도 똑같은 방식으로 지나간다.

서로 도와 어물쩡 넘어가는 모습이 하도 우스워서 배꼽을 잡을 지경이다. 비장·역관들은 모두 말에서 내려 걸어서 지나가는데, 변계함卞季涵만이 말을 탄 채 획 지나간다. 끝에 앉았던 되놈 하나가 갑자기 조선말로 크게 소리를 치며 욕을 해댄다.

"이런 무례한 놈 같으니! 여러 어르신들이 여기 앉아 계시는데, 외국의 수행원 주제에 감히 당돌한 짓을 하다니! 저런 놈은 사신에게 보고해서 볼기를 쳐야 돼!"

쉰 소리에 목소리는 컸지만 혀는 뻣뻣한 데다 목구멍은 막혀 있다. 아기가 옹알거리듯, 술꾼이 주정하듯 분명치가 않다. 사행단을 호위하는 통역관[護行通官] 쌍림雙林이라 한다. 수역이 얼른 대답한다.

"이 사람은 우리나라 어의御醫인 태의관太醫官입니다. 초행길이라 사정에 어둡습니다. 게다가 태의관은 국명을 받자와 정사를 보호하는 처지라, 정사께서도 감히 마음대로 할 수 없는 사람이지요. 여러 어르신들께서는 황제께옵서 우리나라를 사랑해 주시는 마음을 감안하시어 널리 헤아려 주시기 바랍니다. 그러면 대국의 너그러운 도량을 더욱 깊이 새기게 될 줄로 아뢰오."

모두 머리를 끄덕이고 빙그레 웃으며 "그래, 그래" 하는데 쌍림만이 눈을 부라리고 소리를 질러 댄다. 화가 아직 덜 풀린 모양이다. 수역이 나를 보고 그만 가자고 눈짓한다. 길에서 변군을 만났다. 그가 말을 건넨다.

"허 참, 큰 욕 봤네."

나는 이렇게 맞장구쳤다.

"볼기가 혼쭐이 날 뻔했지."

서로 쳐다보며 한바탕 웃었다. _「도강록」, 6월 27일

1-5.
술집에서 발견한 이용후생(利用厚生)

책문 안의 인가는 이삼십 호밖에 안 되지만 모두 웅
장하고 깊으면서도 툭 트였다. 짙은 버드나무 그늘
사이로 술집을 알리는 푸른 깃발 하나가 공중에 솟
아 있다. 변군과 함께 들어갔다. 이미 조선 사람들로
가득하다. 맨 종아리에 민머리 차림으로 걸상에 걸터
앉아 왁자지껄하다가 우리를 보더니 다들 후다닥 밖
으로 나가 버린다. 주인이 변군에게 삿대질을 하면서
버럭 화를 낸다.

"에잇, 눈치 없는 벼슬아치 같으니라구. 남의 장사에
깽판을 쳐도 유분수지."

대종戴宗이 주인의 등을 두드린다.

"형님, 역정 낼 거 없수. 두 어르신들께선 한두 잔만
들고 얼른 나가실 거유. 저 망나니들이 어르신들 앞

에서 어찌 편히 앉아 있겠소? 잠시 피했을 뿐, 금세 돌아올 거유. 이미 먹은 건 술값을 치를 것이고, 아직 덜 먹었으면 흉금을 터놓고 즐거이 마실 테니, 걱정 말고 우선 넉 냥 술이나 부으시오."

주인은 그제야 얼굴에 웃음을 띤다.

"동생, 작년에도 보지 않았나. 이 망나니들이 모두 처 먹기만 하고 야료를 부리는 사이에 뿔뿔이 연기처럼 사라져 버린 걸. 술값을 어디 가 받을 수 있었겠나."

"형님, 염려 마시오. 어르신들이 한잔 하고 일어나시 면, 이 동생이 걔들을 이리로 다 몰고 오겠수다."

"옳거니! 두 분이 합쳐서 넉 냥으로 하실까, 각기 넉 냥으로 하실까."

"따로따로 넉 냥씩 따라 주쇼."

옆에 있던 변군이 대종에게 야단을 치며 말했다.

"넉 냥치를 누가 다 마시나?"

그러자 대종이 웃으면서 설명한다.

"넉 냥이란 돈을 말하는 게 아니구요, 술 무게를 말하 는 겁니다."

탁자 위에 벌여 놓은 술잔은 한 냥부터 열 냥까지 각 각 그릇이 다르다. 모두 놋쇠와 주석 그릇으로 은처 럼 빛을 냈다. 넉 냥 술을 청하면 넉 냥들이 잔으로 부 어 준다. 술을 사는 사람은 양의 많고 적음을 헤아릴

필요가 없다. 참으로 간편하다. 술은 모두 백소주로, 맛은 그리 좋지는 않고, 취하자마자 금방 깬다.

주변의 진열 상태를 둘러보니 모든 것이 단정하게 정리되어 있다. 한 가지도 구차스럽게 대충 해놓은 법이 없고, 물건 하나도 너저분하게 늘어놓은 것이 없다. 심지어 소 외양간이나 돼지우리까지 모두 법도 있게 깔끔하다. 땔감 쌓아 놓은 것이나 두엄 더미까지도 그림처럼 곱다. 아! 이렇게 한 뒤에야 비로소 이용利用이라 말할 수 있을 것이다.

'이용'이 있은 뒤에야 후생厚生이 될 것이요, 후생이 된 뒤에야 정덕正德을 이룰 수 있을 것이다. 일상의 쓰임을 이롭게 할 수 없는데도 삶을 도탑게 할 수 있는 건 세상에 드물다. 그리고 생활이 넉넉지 못하다면 어찌 덕을 바르게 할 수 있겠는가? _「도강록」, 6월 27일

1-6.
소인은 되놈이오!

밤에 여러 사람과 술을 몇 잔 나눠 마셨다. 밤이 깊어 취해 돌아와 잠자리에 들었다. 내 방은 정사의 맞은 편인데, 가운데를 베 휘장으로 가려서 방을 나누었다. 정사는 벌써 깊이 잠들었다. 몽롱한 상태에서 담배를 막 피워 물었을 때다. 머리맡에서 별안간 발자국 소리가 난다. 깜짝 놀라서 소리를 질렀다.

"누구냐?"

"도이노음이오擣伊薗音爾ㅅ."

대답 소리가 이상하다. 다시 소리를 질렀다.

"누구냐?"

더 큰 소리로 대답한다.

"소인은 도이노음이오."

이 소란에 시대와 상방 하인들이 모두 놀라 잠이 깼

다. 뺨을 갈기는 소리가 들리더니, 등을 떠밀어서 문 밖으로 끌고 가는 모양이다. 알고 보니 그는 밤마다 우리 일행의 숙소를 순찰하면서 사신 이하 모든 사람의 수를 헤아리는 갑군이었다. 깊은 밤 잠든 뒤의 일이라 알지 못하고 있었던 것이다.

갑군이 제 스스로 '도이노음'이라 하다니, 정말 배꼽 잡을 일이다. 우리나라 말로 오랑캐를 '되놈'이라 한다. 갑군이 '도이'라고 한 것은 '도이'島夷의 와전이고, '노음'鸞音은 낮고 천한 이를 가리키는 말, 곧 조선말 '놈'의 와전이요, '이요'伊吾란 높이는 말이다. 그래서 그는 조선 사람이 알아듣도록 '되놈이요' 하고 말했던 것이다. 갑군은 여러 해 동안 사신 일행을 모시는 사이에 우리나라 사람들에게 말을 배웠는데, '되놈'이란 말이 귀에 익었던 모양이다. 한바탕 소란 때문에 그만 잠이 달아나고 말았다. 설상가상으로, 수많은 벼룩에 시달렸다. 정사 역시 잠이 달아났는지 촛불을 켜고 새벽을 맞았다. _「도강록」, 7월 5일

1-7.
잠꼬대, 형님에게 전하는 심양 이야기

밤에 조금 취하여 깜빡 잠이 들었는데, 앗! 내가 홀연 심양성 안에 있는 게 아닌가, 궁궐과 성지城池, 민가와 저잣거리 등이 무척이나 번화하고 화려하다. 이렇게 장관일 줄이야! 집에 돌아가서 자랑해야지, 생각하면서 훌훌 허공을 날아가니, 산이며 물이 모두 내 발꿈치 밑에 있다.

솔개처럼 날쌔게 날아 눈 깜박할 사이에 야곡冶谷 옛 집에 이르러 안방 남쪽 창 밑에 앉았다. 형님께서 물으셨다.

"심양이 어떻더냐?"

"듣던 것보다 훨씬 낫더이다."

공손히 대답을 하면서, 그 아름다움을 쉴 새 없이 떠들어 댔다. 남쪽 창밖을 내다보니 옆집의 무성한 회

나무 가지 위로 큰 별 하나가 반짝이며 빛을 발하고 있다. 형님께 여쭈었다.

"저 별을 아십니까?"

"글쎄. 모르겠구나."

"저게 노인성老人星입니다."

그리고 일어나서 형님께 절을 올렸다.

"제가 잠시 집에 돌아온 것은 심양 이야기를 해드리고 싶어서였습니다. 그러니 이제 다시 여행길을 따라 가야겠습니다."

안문을 나와 마루를 지나 바깥사랑의 문을 열어 젖혔다. 머리를 돌려 북쪽을 바라보았다. 문득 길마재[鞍峴] 여러 봉우리가 또렷이 눈에 들어온다. 그제야 퍼뜩 생각이 났다. 이렇게 멍청할 수가! 나 혼자 어떻게 책문을 들어간담? 여기서 책문이 천여 리나 되는데, 누가 나를 기다리고 있을꼬. 큰소리로 고함을 치며 있는 힘을 다해 문을 열고 밖으로 나가려는데, 문지도리가 하도 빡빡해서 열리지를 않는다. 큰소리로 장복이를 불렀건만 소리가 목구멍에 걸려서 나오질 않는다. 힘껏 문을 밀어 젖히다가 잠에서 깨어났다.

마침 정사가 나를 불렀다.

"연암!"

비몽사몽간에 이렇게 물었다.

"어, 어…… 여기가 어딥니까?"

"아까부터 웬 잠꼬댄가?"

일어나 앉아서 이를 부딪치고 머리를 퉁기면서 정신을 가다듬어 본다. 제법 상쾌해지는 느낌이다. 슬프기도 하고 기쁘기도 하여 오랫동안 마음이 뒤숭숭하다. 다시 잠들지 못하고 자리에 누워 몸을 뒤척거린다. 이런저런 생각에 날이 새는 줄도 몰랐다. 「도강록」, 7월 6일

1-8.
내가 이토록 날랠 줄이야!

(1)

불어났던 시냇물이 조금 줄어서, 길을 떠나기로 했다. 나는 정사의 가마에 함께 타고 건넜다. 하인 삼십여 명이 알몸으로 가마를 메고 건너다가 강 한가운데 물살이 센 곳에 이르자 별안간 왼쪽으로 기우뚱하여 거의 떨어질 뻔했다. 정말 위태롭기 짝이 없는 상황이었다. 정사와 서로 부둥켜안고서 겨우 물에 빠지는 걸 면했다. 건너편 강 언덕으로 올라가서 강을 건너는 사람들을 바라보았다. 다른 사람의 목을 타고 건너기도 하고, 좌우에서 서로 부축하여 건너기도 하며, 더러는 뗏목을 만들어서 타면 하인 네 명이 그걸 어깨에 메고 건너기도 한다. 말을 타고 물 위에 둥둥 떠서 건너는 이들은 모두 머리를 쳐들고 하늘만 바라보거나, 두 눈을 꼭 감고 있거나, 혹은 억지로 웃음을 짓기도 한다. 말구종^{말 고삐를 잡고 앞에서 끌거나 뒤에서 따르는 하인}들은 모두 안장을 풀어 어깨에 메고 건넌다. 젖을까 염려해서다. 이미 건너온 사람들도 뭔가를 둘러메고 다시 건너간다. 이상해서 물어보니 누군가가 이렇게 대답한다. "빈손으로 강물에 들어가면 몸이 가벼워져 떠내려가기 쉽거든요. 반드시 무거운 물건으로 어깨를 눌러야 됩니다." 몇 번씩 강을 왕복한 사람들은 추워서 다들 오들오들 떤다. 산속 물이라 너무 차기 때문이다. 「도강록」, 7월 6일

(2)

2리를 더 가서 말을 타고 강을 건넜다. 강이 그리 넓지는 않지만 어제 건넜던 곳보다 물살이 훨씬 세다. 무릎을 움츠리고 두 발을 모아서 안장 위에 웅송그리고 앉았다.

창대는 말 대가리를 꽉 껴안고 장복은 내 엉덩이를 힘껏 부축한다. 서로 목숨을 의지해서 잠시 동안의 안전을 빌어 본다. 말을 모는 소리조차 '오호'^{鳴呼} 하고 탄식하는 소리처럼 구슬프게 들린다.

말이 강 한가운데에 이르자, 갑자기 말 몸뚱이가 왼쪽으로 쏠린다. 대개 말의 배가 물에 잠기면 네 발굽

이 저절로 뜨기 때문에 말은 비스듬히 누워서 건너게 된다. 나도 모르는 사이에 내 몸이 오른쪽으로 기울어져 하마터면 물에 빠질 뻔하였다. 마침 앞에 말꼬리가 물 위에 둥둥 떠서 흩어져 있다. 급한 김에 그걸 붙들고 몸을 가누어 고쳐 앉아서 겨우 빠지는 걸 면했다. 휴~ 나도 내 자신이 이토록 날랠 줄은 생각지도 못했다. 창대도 말 다리에 차일 뻔하여 위태로웠는데, 말이 갑자기 머리를 들고 몸을 바로 가눈다. 물이 얕아져서 발이 땅에 닿았던 것이다. _「도강록」, 7월 7일

1-9.
오동벌, 훌륭한 울음터로다

정사와 가마를 함께 타고 삼류하를 건넜다. 냉정冷井에서 아침을 먹었다. 십 리 남짓 가서 산모롱이를 접어들 때였다. 태복이가 갑자기 몸을 조아리며 말 앞으로 달려 나오더니, 땅에 엎드려 큰 소리로 아뢴다.

"백탑白塔이 현신함을 아뢰옵니다."

태복은 정진사의 마두다. 산모롱이에 가려 백탑은 아직 보이지 않는다. 재빨리 말을 채찍질했다. 수십 걸음도 못 가서 모롱이를 막 벗어나자 눈앞이 어른어른하면서 갑자기 한 무더기의 검은 공들이 오르락내리락 한다. 나는 오늘에야 알았다. 인생이란 본시 어디에도 의탁할 데 없이 하늘을 이고 땅을 밟은 채 떠돌 뿐이라는 사실을. 말을 세우고 사방을 돌아보다가, 나도 모르는 사이에 손을 들어 이마에 얹고 이렇게 외쳤다.

"훌륭한 울음터로다! 크게 한번 통곡할 만한 곳이로 구나!"

정진사가 묻는다.

"하늘과 땅 사이의 툭 트인 경계를 보고 별안간 통곡을 생각하시다니, 무슨 말씀이신지?"

"그렇지, 그렇고말고! 아니지, 아니고말고. 천고의 영웅은 울기를 잘했고, 천하의 미인은 눈물이 많았다네. 하지만 몇 줄기 소리 없는 눈물을 옷깃에 떨구는 정도였지. 그러므로 그들의 울음소리가 천지에 가득 차서 쇠나 돌에서 나오는 소리 같았다는 말은 들어본 적이 없다네.

사람들은 칠정[情] 가운데서 오직 슬플 때만 우는 줄로 알 뿐, 칠정 모두가 울음을 자아낸다는 것은 모르지. 기쁨[喜]이 사무쳐도 울게 되고, 노여움[怒]이 사무쳐도 울게 되고, 즐거움[樂]이 사무쳐도 울게 되고, 사랑함[愛]이 사무쳐도 울게 되고, 욕심[慾]이 사무쳐도 울게 되는 것이야. 근심으로 답답한 걸 풀어 버리는 데에는 소리보다 더 효과가 빠른 게 없지. 울음이란 천지간에 있어서 우레와도 같은 것일세. 지극한 정[情]이 이치에 딱 맞게 발현된다면 울음이나 웃음이나 무에 다르겠는가. 사람이 감정의 극한을 경험하지 못하다 보니 교묘하게 칠정을 늘어놓고는 슬픔에다 울음을 짝지은 것일 뿐이라네.

이 때문에 상을 당했을 때 처음엔 '애고 애고' 따위의 소리를 내며 억지로 울부짖는 것이지. 그러면서 참된 칠정에서 우러나오는 지극한 소리는 참고 억눌러 버리지. 그것이 저 천지 사이에 서리고 엉기어 꽉 뭉쳐 있게 되는 것일세. 일찍이 한나라 때 가의賈誼는 울 곳을 얻지 못하다, 결국 참지 못해 별안간 황제의 궁궐을 향하여 한마디 길게 울부짖었다네. 듣는 사람들이 얼마나 놀라고 괴이했겠는가."

정진사가 다시 물었다.

"이 울음터가 저토록 넓으니, 저도 의당 선생과 함께 한번 통곡을 해야 되겠습니다그려. 그런데 통곡하는 까닭을 칠정 중에서 고른다면 어디에 해당할까요?"

"그건 갓난아기에게 물어봐야 될 것이네. 그 애가 처음 태어났을 때 느낀 것이 무슨 정인지. 그 애가 먼저 해와 달을 보고, 다음으로는 눈앞에 가득한 부모와 친척들을 보니 그 얼마나 기뻤겠는가. 이 같은 기쁨이 늙을 때까지 변함이 없다면, 본래 슬퍼하고 노여워할 이치가 전혀 없이 즐겁게 웃기만 해야 마땅한 것 아니겠나. 그런데 도리어 분노하고 한스러워하는 감정이 가슴속에 가득하여 끝없이 울부짖기만 한단 말이야. 그래서 사람들은 이렇게 말하곤 하지. 성인이든 우매한 백성이든 누구나 죽게 마련이고, 또 살아가는 동안에도 온갖 근심 걱정을 두루 겪어야 한다고. 때문에 갓난아기가 세상에 태어난 것을 후회하여 먼저 울음을 터뜨려 자기 자신을 조문하는 것이라고. 하지만 갓난아기의 본래 정이란 결코 그런 것이 아니야. 어머니 뱃속에 있을 때에는 캄캄하고 막혀서 갑갑하게 지내다가, 하루아침에 갑자기 탁 트이고 훤한 곳으로 나와서 손도 펴 보고 발도 펴 보니 마음이 참으로 시원하겠지. 어찌 참된 소리를 내어 자기 마음을 크게 한번 펼치지 않을 수 있겠는가. 그러니 우리는 저 갓난아기의 꾸밈없는 소리를 본받아, 비로봉 꼭대기에 올라가 동해를 바라보며 한바탕 울어볼 만하고, 황해도 장연長淵의 금 모래밭을 거닐며 한바탕 울어볼 만하다네.

이제 요동벌판을 앞두고 있네. 여기서부터 산해관까지 일천이백 리는 사방에 한 점 산도 없이 하늘 끝과 땅 끝이 맞닿아서 아교풀로 붙인 듯 실로 꿰맨 듯, 예나 지금이나 비와 구름만이 아득할 뿐이야. 이 또한 한바탕 울어볼 만한 곳이 아니겠는가!"_「도강록」, 7월 8일

1-10.
장대에 오르내리기, 벼슬살이 같구나

만리장성을 보지 않고서는 중국이 얼마나 큰지 모를 것이고, 산해관을 보지 않고는 중국의 제도를 알지 못할 것이며, 산해관 밖의 장대將臺를 보지 않고는 장수의 위엄을 알기 어려울 것이다.

산해관에서 일 리쯤 못 미쳐 동쪽으로 네모난 성 하나가 있다. 높이는 여남은 길쯤 되고, 둘레는 수백 보쯤 된다. 한 편에는 성가퀴가 모두 일곱 개씩 있는데, 성가퀴 밑에는 큰 구멍이 뚫려서 수십 명이 숨을 수 있고, 이 구멍이 모두 스물네 개다. 성 아래로 역시 구멍 네 개를 뚫어서 병장기를 간직하고, 그 밑으로 굴을 파서 장성과 서로 통하게 하였다. 역관들은 모두 한나라가 쌓았다고 하나, 이는 그릇된 말이다. 혹은 이를 오왕대吳王臺라고도 한다.

오삼계吳三桂: 중국 명나라 말 청나라 초의 무장**가** 산해관을 지킬 때에 이 굴 속으로 행군하다 갑자기 이 대에 올라 호령을 위해 포를 쏘자, 관 안에 있던 수만의 병사가 한목소리로 소리를 지르니 천지가 진동하였다. 관 밖의 여러 돈대를 지키던 병사들도 모두 이에 호응하여 삽시간에 호령이 천 리에 퍼졌다.

일행들과 함께 성가퀴에 의지하여 눈 가는 대로 좇다 보니 장성은 북으로 내달리고 창해는 남으로 흐르고, 동쪽으론 큰 벌판이 펼쳐 있으며 서쪽으로는 산해관 안이 내려다 보였다. 오, 이 대臺만큼 조망하기 좋은 곳도 또 없으리라. 산해관 안쪽 수만 호의 시가와 누대가 마치 손금을 보듯 역력히 다 들여다보인다. 바다 위 하늘을 찌를 듯 뾰족하게 솟아 있는 한 봉우리는 곧 창려현昌黎縣의 문필봉文筆峯이다.

한참을 바라보다가 내려오려 하는데 아무도 먼저 나서는 사람이 없다. 벽돌 층계가 높고 가팔라 내려다보기만 해도 다리가 후들후들 떨릴 지경이다. 하인들이 부축하려고 해도 몸을 돌릴 곳조차 없어 몹시 허둥지둥하였다. 서쪽 층계로 먼저 간신히 내려와서 대 위에 있는 사람들을 쳐다보니, 모두 벌벌 떨며 어쩔 줄 모르고 있었다. 올라갈 때엔 앞만 보고 층계 하나하나를 밟고 오르기 때문에 위험하다는 걸 몰랐는데,

내려오려고 눈을 들어 아래를 굽어보니 현기증이 절로 일어난다. 그 허물은 다름 아닌 눈에 있는 것이다. 벼슬살이도 이와 같아서, 위로 올라갈 때엔 한 계단 반 계단이라도 남에게 뒤질세라 남의 등을 떠밀며 앞을 다투기도 한다. 그러다가 마침내 높은 자리에 이르면 그제야 두려운 마음을 갖기 시작한다. 하지만 그땐 외롭고 위태로워서 한 발자국도 앞으로 나아갈 수 없고, 뒤로 물러서자니 천 길 낭떠러지라 더위잡고 내려오려고 해도 잘되지 않는 법이다. 이는 오랜 세월 두루 통하는 이치다._'장대기'(將臺記), 「일신수필」(馹汛隨筆)

낭송Q시리즈 동청룡
낭송 열하일기

2부
천하 제일 장관은?

2-1.
북벌(北伐)하려면 북학(北學)이 먼저!

중화는 중화일 뿐이고, 오랑캐는 오랑캐일 뿐이다. 중국의 성곽과 궁실과 인민들이 예전처럼 그대로 남아 있고, 정덕正德·이용利用·후생厚生의 도구도 예전과 다름이 없다. 최崔·노盧·왕王·사謝씨 등 귀족 가문들도 그대로 있고, 주돈이·장재·정호·정이·주희의 성리학 또한 사라지지 않았다. 하夏·은殷·주周 삼대 이후의 성스럽고 밝은 임금들과 한漢·당唐·송宋·명明의 아름다운 법률제도 역시 변함이 없다. 오랑캐라고 하는 청나라는 중국의 제도에서 이익이 될 만하고 오래 향유할 만한 것들을 가로채어 마치 본래부터 자기 것이었던 양 자연스럽게 활용하고 있다.

천하를 위하여 일하는 자는, 진실로 백성에게 이롭고 나라에 도움이 될 일이라면 그 법이 비록 오랑캐에서 나온 것일지라도 마땅히 이를 수용하여 본받아야만한다. 더구나 삼대 이후의 성스럽고 현명한 제왕들과한·당·송·명 등 여러 왕조들이 본래부터 가지고 있던고유한 문물제도는 더 말할 나위도 없다. 성인이 『춘추』春秋를 지으실 제, 물론 중화를 높이고 오랑캐를물리치려고 하셨으나, 그렇다고 오랑캐가 중화를 어지럽히는 데 분개하여 중화의 훌륭한 문물제도까지물리치셨다는 말은 들어보지 못했다.

그러므로 이제 사람들이 정말 오랑캐를 물리치려면중화의 전해 오는 법을 모조리 배워서 먼저 우리나라의 유치한 습속부터 바꿔야 할 것이다. 밭 갈기, 누에치기, 그릇 굽기, 풀무불기부터 공업, 상업 등에 이르기까지 모조리 다 배워야 한다. 다른 사람이 열을 배우면 우리는 백을 배워 백성을 이롭게 해야 한다. 우리 백성들이 몽둥이를 만들어 두었다가 저들의 견고한 갑옷과 날카로운 무기를 두들길 수 있게 된 다음에야 "중국에는 볼 만한 것이 없다"고 장담할 수 있을것이다._「일신수필」, 7월 15일

2-2.
중국의 제일 장관은 기와 조각과
똥덩어리에 있다

나는 비록 삼류 선비[下士]지만 감히 말하리라.

"중국의 제일 장관은 저 기와 조각에 있고, 저 똥덩어리에 있다."

대체로 깨진 기와 조각은 천하에 쓸모없는 물건이다. 그러나 민가에서 담을 쌓을 때 어깨 높이 위쪽으로 깨진 기와 조각을 둘씩둘씩 짝을 지어 물결무늬를 만들거나, 혹은 네 조각을 모아 쇠사슬 모양을 만들거나, 또는 네 조각을 등지게 하여 노나라 엽전 모양처럼 만든다. 그러면 구멍이 찬란하게 뚫리어 안팎이 서로 비추게 된다. 깨진 기와 조각도 알뜰하게 사용하기 때문에 천하의 무늬를 여기에 다 새길 수 있었던 것이다. 그런가 하면, 가난하여 뜰 앞에 벽돌을 깔 형편이 안 되는 집들은 여러 빛깔의 유리기와 조각

과 시냇가의 둥근 조약돌을 주워다가 꽃·나무·새·짐
승 모양을 아로새겨 깔아 놓는다. 비올 때 진창이 되
는 것을 막기 위함이다. 기와 조각 하나, 조약돌 하나
도 버리지 않고 고루 활용했기 때문에 천하의 아름다
운 모양을 다 갖출 수 있었던 것이다.

똥오줌은 아주 더러운 물건이다. 그러나 거름으로 쓸
때는 금덩어리라도 되는 양 아까워한다. 한 덩어리도
길바닥에 흘리지 않을뿐더러, 말똥을 모으기 위해 삼
태기를 받쳐 들고 말 꼬리를 따라다니기까지 한다.
똥을 모아서는 네모반듯하게 쌓거나, 혹은 팔각으로
혹은 육각으로 또는 누각이나 돈대 모양으로 쌓아 올
린다. 똥덩어리를 처리하는 방식만 보아도 천하의 제
도가 다 여기에 갖추어져 있음을 알 수 있다.

그러므로 나는 말하리라.

"저 기와 조각이나 똥덩어리야말로 진정 장관이다.
어찌 성지城地, 궁실, 누대, 점포, 사찰, 목축, 광막한 벌
판, 아스라한 안개 숲만 장관이라고 할 것인가." ㅡ「일신

수필」, 7월 15일

2-3.
청나라의 방구들 vs 조선의 방구들

주인이 방고래를 열고 기다란 가래로 재를 긁는다. 나는 그 틈에 얼른 구들의 구조를 대충 살폈다. 먼저 한 자약 30㎝ 가량 높이로 구들바닥을 쌓아서 평평하게 만든다. 그런 다음, 벽돌을 깨뜨려 바둑돌 놓듯이 굄돌을 놓고 그 위에는 벽돌만 깐다.

벽돌 두께는 원래 같기 때문에 그걸 깨서 굄돌로 받쳐도 기우뚱거리지 않고, 벽돌의 몸이 본디 가지런하므로 나란히 깔아 놓으면 틈이 생기지 않는다. 방고래 높이는 겨우 손이 드나들 정도이고, 굄돌은 번갈아가면서 서로 불목이 된다.

불이 불목에 이르면 안쪽에서 불꽃을 빨아들이듯 순식간에 넘어가기 때문에, 불꽃이 재를 휘몰아서 방고래 안으로 미어지듯 한꺼번에 들어간다. 여러 불목이 서로 잡아당기는 형국이 되어, 도로 나올 새가 없이 쏜살 같이 굴뚝으로 빠져 나간다. 굴뚝의 깊이는 한 길이 넘는다. 이게 바로 조선말에서의 '개자리'[犬座]라고 하는 것이다. 재는 항상 불꽃에 밀려서 방고래 속에 가득 떨어진다. 그래서 삼 년에 한 번씩 고래목을 열고 재를 쳐내야 한다. 부뚜막은 땅을 한 길 가량 움푹 파서 만들고, 위를 향해서 아궁이를 낸 다음 땔 나무를 거꾸로 집어넣는다.

부뚜막 옆에는 큰 항아리처럼 땅을 판다. 그 위에 돌 덮개를 덮어서 바닥과 평평하게 한다. 그 안에 조성된 구멍에서 바람이 일어나 불길을 불목으로 몰아넣으므로 연기가 조금도 새어나오지 않는다. 또 굴뚝을 내는 방법을 보면, 큰 항아리처럼 땅을 파고 벽돌을 탑처럼 쌓아 올려 지붕 높이에 맞춘다. 연기가 그 항아리 속으로 들어가 서로 잡아당기고 빨아들인다. 정말 절묘한 방식이다.

보통 굴뚝에 틈이 생기면 한 줄기 바람에도 아궁이의 불이 꺼지는 법이다. 우리 조선의 온돌은 항상 불이 밖으로 삐져나와서 방이 고루 따뜻하지가 않다. 그 잘못은 모두 굴뚝에 있는 것이다. 조선의 굴뚝은 싸리로 엮은 농籠에 종이를 바르거나 혹은 나무판자로 통을 만들어 쓴다. 처음 세운 굴뚝의 흙 축대에 틈이 생기거나, 발랐던 종이가 떨어지거나, 또는 나무통이 벌어지면, 연기가 새는 것은 막을 길이 없다. 또 바람이라도 한 번 크게 불면 연통은 소용이 없게 된다.

'우리나라에서는 가난한 집안에 글 읽기를 좋아하는 수많은 형제들이 오뉴월에도 코끝에 항상 고드름이 달릴 지경이지. 이 방식을 배워 가서 한겨울 그 고생을 덜면 어떨까?' 이런 생각을 하는데, 변계함이 한마디 한다. "이곳 구들 만드는 건 이상한데요. 우리나라 온돌만 못한 것 같아요."

"뭐가 못하다는 겐가?"

"우리는 기름 먹인 종이 넉 장을 반듯하게 깔잖아요. 빛은 화제火齊 같고 반질반질하기는 수골水骨 같지요. 어떻게 중국 것하고 비교하겠어요?"

내가 설명했다.

"이곳 구들이 우리보다 못하다는 건 맞는 말이야. 하지만 중국의 구들 놓는 법을 본떠서 우리나라 온돌에 쓰고 그 위에 기름 먹인 장판지를 깐다고 하면 그걸 누가 막겠나? 우리 온돌에는 여섯 가지 문제점이 있는데 아무도 이걸 말하는 사람이 없단 말이야. 내 한 번 얘기해 볼 테니 떠들지 말고 조용히 들어보게나. 진흙을 이겨서 귓돌을 쌓고 그 위에 돌을 얹어서 구들을 만들지. 그 돌의 크기나 두께가 애초에 가지런

하지 않으니 조약돌로 네 귀퉁이를 괴어서 뒤뚱거리지 않게 할 수밖에 없지. 그렇지만 불에 달궈지면 돌이 깨지고, 발랐던 흙이 마르면 늘상 부스러지네. 그게 첫번째 문제점이야.

구들돌 표면이 울퉁불퉁해서 움푹한 데는 흙으로 메워서 평평하게 하니, 불을 때도 골고루 따뜻하지 못한 게 두번째 문제점이야.

불고래가 높은 데다 널찍해서 불길이 서로 맞물리지 못하는 게 세번째 문제점이지.

또, 벽이 부실하고 얇아서 툭하면 틈이 생기지 않나? 그 틈으로 바람이 새고 불이 밖으로 내쳐서 연기가 방 안에 가득하게 되는 게 네번째 문제점이야.

불목이 목구멍처럼 되어 있지 않기 때문에 불길이 안으로 빨려 들어가지 않고 땔감 끝에서만 불이 타오르는 게 다섯번째 문제점이네.

또 방을 말리려면 땔감을 백 단은 때야 하는 데다 그 때문에 열흘 안에는 입주를 못하니, 그것이 여섯번째 문제점일세.

그에 반해, 중국 온돌의 구조를 보게나. 자네와 함께 벽돌 수십 개만 깔아 놓으면, 웃고 떠드는 사이에 벌써 몇 칸 온돌이 만들어져서 그 위에 누워 잘 수도 있을 걸세. 어떤가?" _「도강록」, 7월 5일

2-4.
수레의 이로움

중국에서는 험준한 검각劍閣이나 아홉 구비로 꺾어져 가파르기 짝이 없는 태항太行 같은 지역이라도 역시 수레를 몰고 넘어간다. 섬서·사천·강소·절강·광동·광서 같은 먼 지역에도 큰 장사치들이나, 식솔을 데리고 부임하는 벼슬아치들의 수레바퀴가 서로 부딪치며 마치 제집 문지방 드나들듯 한다. 그래서 대낮에도 요란하게 덜거덕거리는 수레바퀴 소리가 천둥 벼락 치듯 들려온다. 지금의 이 마천령·청석령의 고개들이 우리나라 고개보다 덜 험준하다고 할 수 있겠는가. 그 가파르고 험준한 지세야 우리가 직접 목격한 바와 같다. 그렇다고 수레가 다니지 않는 곳이 있던가. 중국이 풍족한 재화가 한 곳에만 몰려 있지 않고 여기저기 골고루 유통되는 것은 모두 수레를 사용한

덕분이다. 가까이 우리 사행 길에 일어날 효과만 가지고 따져 보자. 만약 우리가 조선의 수레를 타고 갈 수만 있다면 온갖 번거로운 폐단 없이 바로 연경에 들어갈 수 있을 텐데 무엇을 꺼려서 하지 않는단 말인가.

우리나라 영남의 어린 아이들은 새우젓을 모르고, 관동의 백성들은 장 대신 산사나무 열매인 아가위를 담가 먹고, 서북 사람들은 감과 감자를 구별하지 못한다. 바닷가 사람들은 메기나 미꾸라지를 밭에 거름으로 쓰건만, 어쩌다 한 번 이것이 서울까지 올라올 양이면 한 움큼에 한 푼이나 하니 어찌 이리도 비싸단 말인가? 함경북도 육진의 마포, 관서의 명주, 영·호남의 닥종이, 해서의 솜과 철, 충남 내포의 생선과 소금 등은 모두 백성들의 생활에 필요한 일상용품으로 없어서는 안 될 물건들이다. 청산·보은의 천 그루 대추, 황주·봉산의 천 그루 배, 홍양·남해의 천 그루 귤과 유자, 임천·한산의 천이랑 모시, 관동의 천 통 벌꿀 등은 백성들의 일상용품인 까닭에 서로 유통시키지 않으면 안 된다. 그런데 이곳에서 흔한 물건이 저곳에서는 귀하디 귀해, 다만 이름만 들어 보았을 뿐 실물은 평생 구경조차 할 수 없는 건 무엇 때문인가. 단지 실어 나를 방도가 없기 때문이다.

사방이 수천 리나 되는 나라에서 백성들의 살림살이가 이토록 가난한 까닭은 한마디로 말해, 나라 안에 수레가 다니지 못하기 때문이다. "어찌하여 수레가 다니지 못하는가?"라고 묻는다면, 역시 양반들 잘못이라고 답할 수밖에 없다. 양반네들은 평소 글을 읽을 때 『주례』周禮는 성인께서 지으신 글이라며, '바퀴 만드는 장인', '수레 만드는 장인', '전차 만드는 장인', '배 만드는 장인' 운운하며 입으로만 떠들어 댄다. 그러나 끝내 수레를 만드는 방법이 무엇인지, 수레를 운행하는 기술이 무엇인지에 대해서는 알려고 하지 않는다. '무조건' 글만 읽는다는 말이 바로 이것이니, 이런 공부가 학문에 무슨 보탬이 되겠는가.

아, 슬프다. 황제가 처음 수레를 만들어 헌원씨라고 불린 이후, 오랜 세월 동안 성인들이 힘써 생각하고 관찰하고 손수 만들어 다듬었고, 또 황제 때의 유명한 공장이 수와 같은 장인이 몇 차례나 출현했으며, 상앙商鞅·이사李斯 같은 이들에 의해 그 제도가 통일되었다. 실로 학술에 뛰어난 관리들이 열심히 연구하고 긴요하게 실행한 것이 어찌 우연한 일이겠는가. 수레가 진실로 백성들의 일상생활을 이롭게 하고, 나라 경영에 크게 보탬이 되는 도구이기 때문인 것이다._「일신수필」, 7월 15일

2-5.
불 끄는 수레

내가 불 끄는 수레를 직접 보았기에 그 형태를 대강이나마 기록하였다. 고국으로 돌아가서 우리나라 사람들을 깨우치기 위해서다.

달밤에 북진묘에서 신광녕으로 돌아오는 길이었다. 저녁나절 성 밖에 있는 어떤 집에 불이 났다. 겨우 불길을 다잡고 길가에 놓인 수차水車 세 대를 막 거두어 가려는 참이었다. 그들을 잠깐 멈춰 세운 뒤 그 이름을 물었더니, 수총차라 한다. 형태를 살펴보니, 네 바퀴 수레 위에 큰 나무통 하나가 얹혀 있다. 나무통 속에는 커다란 구리그릇이 있고, 구리그릇 속에는 양쪽에 구리 원통을 만들어 놓았다. 구리원통 가운데에는 목이 을乙자 모양으로 생긴 물총을 세웠다. 물총은 두 갈래로 갈라져 좌우로 양쪽 구리원통과 다 통한다.

양쪽의 구리원통에는 짧은 다리가 있고, 원통 바닥에는 안으로 구멍이 뚫렸다. 구멍에는 구리 조각으로 문짝을 만들어서 물의 오르내림에 따라 열리고 닫히게 하였다.

양쪽 구리원통 입구에는 구리판으로 덮개를 해 달았는데, 그 둘레가 원통의 입구에 꼭 들어맞았다. 구리판의 한복판에는 쇠기둥을 박았다. 쇠기둥에 나무발판을 가로질러 놓고는 그걸 이용하여 구리판을 눌렀다 들었다 한다. 구리판의 들고 나며 오르고 내림이 이 나무발판에 달려 있다. 구리동이 속에 물을 붓고, 몇 사람이 번갈아 가며 나무발판을 밟으면 원통 입구의 구리판이 솟았다 내렸다 한다. 대체로 물을 빨아들이는 조화는 구리판에 있다. 구리판이 원통 입구까지 솟으면 원통 바닥의 안쪽문이 잠깐 사이에 들려 저절로 열리면서 바깥 물을 빨아들인다. 구리덮개가 원통 속으로 떨어지면 그 바닥의 안쪽 문이 세차게 눌려 저절로 닫힌다. 이에 따라 원통 속의 물은 불어날 대로 불어났지만 쏟아 낼 곳이 없으므로, 물총 다리로부터 乙자로 생긴 물총 목으로 내달아서 세차게 위로 치솟아 물을 내뿜게 된다. 물길이 위로는 여남은 길이나 치솟고, 옆으로는 삼사십 보까지 뿜어댄다. 그 모양새는 생황과 비슷하다. 물 긷는 이는 쉬지 않고 연방 나무통에 물을 들이부을 따름이다. 옆에 있는 두 대의 물차는 그 모양새가 이것과 사뭇 다르다. 특별한 곡절이 있을 듯싶으나 경황이 없어 상세히 다 살피지 못했다. 그러나 물을 빨아들이고 내뿜는 방법은 거의 같았다. _「일신수필」, 7월 15일

2-6.
곡식 빻는 수레

곡식을 찧고 빻는 일은 두 층으로 된 톱니바퀴인 큰 아륜牙輪으로 한다. 쇠굴대로 아륜을 꿰어 방 가운데에 세워 두고 틀을 움직여 돌린다. 아륜은 마치 자명종 내부처럼 이가 들쭉날쭉하여 서로 맞물리게 되어 있다. 방 안 네 귀퉁이에는 두 층으로 맷돌반을 둔다. 맷돌반의 가장자리 역시 들쭉날쭉하여 톱니바퀴의 이와 서로 맞물리게 된다. 아륜이 한 번 돌면 여덟 대의 맷돌반이 한꺼번에 다투어 돌아 잠깐 사이에 밀가루가 눈처럼 쌓인다. 이 방법은 자명종의 원리와 비슷하다. 길가의 민가에는 모두 맷돌방아 하나와 나귀 한 마리씩을 갖추었고, 탈곡할 때는 항상 돌고무래를 쓰며, 더러는 나귀를 매어 절구방아를 대신하기도 한다._「일신수필」, 7월 15일

2-7.
가루 치는 수레

가루를 칠 때는 밀실에 둔 세 바퀴 요차搖車를 사용한다. 요차의 바퀴는 앞에 두 개, 뒤에 한 개다. 수레 위에 네 개의 기둥을 세우고, 큰 체를 두 층으로 위태롭게 걸쳐 놓는다. 위 체에 가루를 붓고 아래 체는 비워 두어 위 체의 것을 받아서 더 곱게 갈리도록 하였다. 요차 앞에는 나무막대 하나를 직선으로 질러 놓는다. 막대의 한쪽 끝은 수레에 잡아매고 다른 한쪽 끝은 방 밖을 뚫고 나와 있다. 방 밖에 세워 놓은 기둥에다 막대 끝을 매어둔다. 기둥 밑에는 땅을 파고 큰 널판을 놓아 기둥뿌리를 받친다. 널판 밑바닥 한복판에 받침대를 괴어 양쪽을 뜨게 하여 마치 풀무를 다루듯이 한다. 널판 위의 의자에 앉아 발만 약간 움직이면 널판의 양쪽 끝이 번갈아 오르락내리락 한다.

널판 위의 기둥도 이에 따라 흔들거린다. 그러면 기둥 끝에 가로지른 막대가 세차게 밀었다 당겼다 하여 방 안의 수레가 앞으로 한 번 뒤로 한 번 왔다갔다 흔들린다. 방 안의 네 벽에는 열 층으로 시렁을 매고, 그 위에 그릇을 올려 두어 날아오른 가루를 받는다. 방 밖의 의자에 앉아 있는 사람은 책도 읽고 글씨도 베끼고 손님과 수작도 하며 못하는 일이 없다. 다만 등 뒤에서 덜거덕거리는 요란한 소리만 들려올 뿐이다. 발을 움직이는 공력은 아주 적으면서도 거두어들이는 결실은 무척 많은 셈이다. 우리나라 아낙들은 가루 몇 말을 한 번에 치자면 머리와 눈썹은 삽시간에 하얗게 되고, 손목은 시려서 무르고 마비될 지경에 이른다. 이 방법과 비교해 보면 어느 것이 힘들고 편한지, 득이 되고 손해가 되는지 알 수 있을 것이다. _「일신수필」, 7월 15일

2-8.
범의 꾸중 ①─글을 베끼는 까닭은?

벽 위에 한 편의 이상한 글이 걸려 있었다. 백로지白
鷺紙에다 가는 글씨로 써서 격자格子를 만들어 가로로
붙여 놓은 것이 한쪽 벽을 다 채울 정도였다. 필체가
아주 좋았다. 벽 쪽으로 다가가 한 번 읽어 보니, 정말
천고의 기이한 문장이었다. 주인 심유붕에게 물었다.

"저 벽에 걸린 글을 누가 지은 것이요?"

"모릅니다."

정진사가 물었다.

"이 글은 근래에 지어진 듯한데, 주인께서 쓴 글이 아
닌가요?"

"저는 글을 읽을 줄 모를뿐더러, 이 글에는 작가의 성
명조차 적혀 있지 않습니다. 한나라도 모르는 저 같은
놈이 위나라인지 진나라인지를 어찌 알겠습니까."

"그럼, 이 글은 어디서 구했소?" 내가 물었다.

"며칠 전에 계주 장에서 사들인 것입니다."

"그럼 내가 좀 베껴 가도 되겠소?"

"물론이죠, 상관없습니다."

종이를 가지고 다시 오겠다는 약조를 남기고 저녁식사를 마친 다음 정진사와 함께 다시 방문했다. 방 안에는 이미 촛불 두 자루가 켜져 있었다. 내가 벽으로 가서 격자를 풀어 내리려 하니, 심유붕이 하인을 불러서 내려 주었다. 나는 다시 물었다.

"이게 정말 선생의 글이 아니란 말이오?"

심유붕은 머리를 절레절레 흔들며 답한다.

"분명한 사실입니다. 저는 오래전부터 부처님을 섬기며 거짓된 말을 부끄러워하여 삼가고 있습니다."

정진사에게 부탁하여 가운데서부터 옮겨 적으라 하고, 나는 처음부터 베껴 내려갔다. 심유붕이 물었다.

"선생은 이걸 베껴 무얼 하시려는 건가요?"

"내 돌아가서 우리나라 사람들에게 한번 읽혀 모두 허리를 잡고 한바탕 크게 웃게 할 작정입니다. 아마 이 글을 보면 다들 웃느라고 입안에 든 밥알이 벌처럼 튀어나오고, 튼튼한 갓끈이라도 썩은 새끼줄처럼 툭 끊어질 겁니다."

숙소로 돌아와 불을 켜고 다시 훑어보았다. 정진사가

베낀 곳은 틀린 글자가 수없이 많고 빠뜨린 구절들이 있어, 문리가 전혀 통하지 않았다. 그래서 보태고 다듬어 한 편의 글을 만들었다._「관내정사」(關內程史) 7월 28일

2-9.
범의 꾸중 ② ─ 북곽선생과 동리자

정나라 어느 고을에 벼슬을 좋아하지 않는 척하는 선비가 하나 있었으니, '북곽선생'北郭先生이라 불리는 이였다. 나이 마흔에 손수 교감校勘: 같은 종류의 여러 책을 비교해 차이 나는 것들을 바로잡음한 책이 일만 권이요, 또 구경九經의 뜻을 풀이해서 책으로 엮은 것이 일만 오천 권이었다. 천자天子가 그 뜻을 가상히 여기시고, 제후諸侯들은 그 이름을 흠모하였다.

같은 고을 동쪽에는 젊은 나이에 남편을 잃은 아리따운 과부 한 명이 살고 있었는데, 그 이름을 '동리자'東里子라 하였다. 천자는 동리자의 절개를 갸륵히 여기시고 제후들은 어진 덕을 칭송하여 그 고을 사방 몇 리의 땅을 봉하고는 '동리 과부의 마을'이라고 이름 붙였다. 동리자는 수절하는 과부였음에도 불구하고 그의 아들 다섯은 모두 성姓이 달랐다.

하루는 다섯 아들들이 한밤중에 모여 "강 북쪽엔 닭이 울고 강 남쪽엔 별이 반짝이는 이 깊은 밤에 방 안에서 들리는 소리가 어찌 이리 북곽선생과 비슷한가" 하고는 서로 번갈아 가며 문틈으로 엿보았다. 동리자가 북곽선생에게 부탁하였다.

"오랫동안 선생님의 덕을 흠모하여 왔습니다. 원컨대 오늘 밤 선생님의 글 읽는 소리를 듣고자 합니다."

북곽선생은 옷깃을 여미고 꿇어앉아서 시 한 장章을 읊는다.

"병풍에는 원앙새요, 반딧불은 반짝반짝, 가마솥과 세발솥, 무얼 본떠 만들었나. 흥이라."

다섯 아들이 서로 말했다.

"『예기』禮記에 '과부댁 문에는 함부로 들어서지 않는다'고 했는데 북곽선생은 현자이시니 저 사람이 북곽선생은 아닐 테고."

"내 듣기로, 정나라 성문이 헐어 여우 구멍이 생겼다던데."

"여우가 천 년을 묵으면 요술을 부려 사람 모양으로 변할 수 있다고 하던데, 저놈은 필시 여우가 북곽선생으로 둔갑한 것일 게야."

"여우의 갓을 얻는 이는 천만 금을 지닌 부자가 되고,

여우의 신을 얻는 이는 대낮에도 그림자를 감출 수 있다지. 그리고 여우 꼬리를 얻는 자는 남을 잘 꼬드겨 자신을 좋아하게 만든다고 하던데. 우리 저 여우 놈을 잡아 죽여서 나눠 갖는 게 어떨까?"

이에 다섯 아들이 함께 어미의 방을 에워싸고는 안으로 들이닥쳤다. 북곽선생은 깜짝 놀라 부리나케 내빼면서 그 와중에도 행여 남들이 자신을 알아볼까 겁이 나 한 다리를 들어 목에다 얹고는 귀신마냥 춤추고 웃으며 문을 빠져나왔다. 그러고는 그렇게 달아나다가 벌판에 파 놓은 똥 구덩이에 빠지고 말았다. _'호질' (虎叱),「관내정사」

2-10.
범의 꾸중 ③―범의 본성과 인간의 본성은 같다!

북곽선생이 똥이 가득 찬 구덩이 속에서 버둥거리며 무언가를 붙잡고 간신히 올라가 목을 내밀어 살펴보니, 범 한 마리가 길을 막고 있었다. 범이 이맛살을 찌푸리고 구역질을 하며 코를 막은 채 얼굴을 외면하고 말한다.

"아이구! 그 선비, 냄새가 참 구리기도 하구나."

북곽선생이 머리를 조아리며 앞으로 엉금엉금 기어 나와 세 번 절하고, 다시 꿇어앉아서 아뢴다.

"범님의 덕이야말로 참 지극합니다. 대인大人은 그 변화를 본받습니다. 제왕帝王된 자는 그 걸음걸이를 배웁니다. 남의 아들 되는 이는 그 효성을 본받고, 장수는 그 위엄을 취합니다. 그 명성은 신神·용과 나란하여 한 분은 바람을 일으키고, 다른 한 분은 구름을 만드십니다. 이 몸은 천한 신하로, 감히 범님의 다스림을 받고자 합니다."

범이 꾸짖으며 답한다.

"에잇! 가까이 다가오지 말렸다. 듣기로 '유'儒란 것은 아첨하는 '유'諛라 하더니 과연 그렇구나. 네가 평소에는 세상의 온갖 나쁜 이름을 끌어모아 제멋대로 내게 갖다 붙이더니만, 지금은 서둘러 면전에서 아첨을 늘어놓으니 그 따위 말을 대체 누가 믿겠느냐. 천하의 이치는 하나일 따름이니, 범이 정말 악하다면 인간의 본성 또한 악할 것이요, 사람의 본성이 착하다면 범의 본성 또한 착한 것이다. 네놈들이 하는 말은 모두 오상을 벗어나지 않고, 경계하고 권장하는 것은 예禮·의義·염廉·치恥 사강四綱임에 틀림 없으렷다.

그렇지만 사람 사는 동네에 코가 베이거나 발이 잘리거나 얼굴에 문신이 새겨진 채 다니는 자들은 모두 오륜五倫을 어긴 자들이다. 이들을 잡아들이고 벌하기 위해 아무리 오랏줄이나 도끼와 톱 등을 써 대도 인간의 악행은 당최 그칠 줄을 모른다. 밧줄이나 먹바늘, 도끼나 톱 따위가 횡행하니, 악행이 그칠 리가 없다. 범의 세상에는 본래 이런 형벌이 없는데, 이로써 보면 범의 본성이 인간보다 더 어질다는 뜻이 아니겠느냐?

범은 풀을 먹지 않고, 곤충이나 어류도 먹지 않는다. 강술 따위를 좋아하지도 않고, 새끼를 기르는 조그만 짐승들은 건드리지도 않는다. 산에 들어가면 노루나 사슴을 사냥하고 들판에서는 말이나 소를 공격하지만, 여태껏 말썽에 휘말리거나 음식과 관련된 구설에 오른 적이 없다. 그러니 범의 도道야말로 참으로 광명정대하다.

사람들은 범이 노루나 사슴을 먹으면 미워하지 않다가도, 소나 말을 잡아먹으면 원수라고 떠들어 댄다. 노루와 사슴은 사람에게 그다지 쓸모가 없지만, 소나 말은 네놈들에게 무척 쓸모가 있어 그런 것이 아니겠느냐.

그러나 말과 소가 수고를 다하여 짐을 싣고 또 복종하며 성심껏 네놈들의 뜻을 받드는 것은 아랑곳하지 않고, 날마다 푸줏간이 쉴 새도 없이 이들을 도살해서는 그 뿔과 털조차 남기지 않는다. 그것도 모자라 노루와 사슴까지도 잡아먹어 버려, 산과 들에는 우리가 먹을 게 없는 지경에까지 이르렀다. 하늘이 이 문제를 공평하게 처리한다면 네놈을 잡아먹는 것이 마땅하겠느냐, 놓아 주는 것이 마땅하겠느냐." - '호질' 「관내정사」

2-11.
범의 꾸중 ④—범보다 인간 문명이 훨씬 잔혹해!

"대개 남의 것을 취하는 것을 도盜라 하고, 생명을 해치고 남에게 못된 짓 하는 것을 적賊이라 한다. 너희들은 불철주야 팔을 걷어붙이고 눈을 부라리며, 남의 것을 빼앗으면서도 부끄러운 줄을 모른다. 심지어는 돈을 형이라 부르질 않나, 장수가 되려고 제 아내를 죽이질 않나, 이러고도 인륜을 논할 자격이 있느냐. 어디 그뿐이냐. 메뚜기에게마저 양식을 빼앗고 누에한테서는 옷을 약탈한다. 벌을 가두어 꿀을 빼앗아 가고, 심지어 개미 알로 젓갈을 담가 조상님 제사에 올리기도 한다. 그 잔인하고 야박함이 너희들보다 심한 경우가 또 어디 있단 말이냐. 네놈들은 이理를 말하고 성性을 논할 때, 걸핏하면 하늘을 끌어들이지만, 하늘이 명한 바로써 본다면 범이든 사람이든 다 같은 존재이다. 하늘과 땅이 만물을 낳아 기르는 인仁의 견지에서 논하자면, 범과 메뚜기·누에·벌·개미와 사람이 함께 길러져 서로 거스르지 않아야 하는 법이다. 또 선악을 척도로 삼아 따져 보더라도, 벌과 개미의 집을 아무렇지도 않게 약탈하는 놈은 천하의 큰 도둑이 아닐 수 없고, 내키는 대로 메뚜기와 누에의 살림을 빼앗아 훔쳐 가는 놈은 인의를 해치는 큰 도적이 아닐 수 없다.

범은 지금까지 표범을 잡아먹은 적이 없는데, 가까운 핏줄을 차마 해칠 수 없어서 그런 것이다. 그런데다가, 범이 잡아먹는 노루나 사슴보다 사람이 잡아먹는 노루와 사슴의 숫자가 훨씬 많다. 범이 잡아먹는 소나 말의 수도 사람이 잡아먹는 소나 말보다는 훨씬 적을 것이고, 범이 사람을 먹는 수를 헤아려 보아도 사람들이 저희끼리 잡아먹는 수보다는 적을 것이다. 지난해 중국 관중關中 지방이 크게 가물었을 때 사람들끼리 서로 잡아먹은 것이 몇 만 명은 되었다 하고, 그보다 앞서 산동山東 지방에 물난리가 났을 때도 역시 수만 명이 서로 잡아먹었다 한다. 그렇기는 해도 사람들끼리 서로 잡아먹는 일을 저 춘추시대하고 견줄 수 있겠는가? 춘추시대에는 덕치를 행한다는 명분을 앞세워 일으킨 전쟁이 열일곱 번이었고, 보복을 목적으로 일으킨 싸움이 서른 번이었다. 흘린 피는 천 리에 이어지고 쓰러진 시체는 백만 구나 되었다. 그렇지만 범의 세상에서는 홍수나 가뭄을 알지 못하기에 하늘을 원망하는 법도 없으며, 원수가 무엇인지 은혜가 무엇인지도 모른 채 살아가므로 다른 존재들에게 미움을 살 일도 없다. 천명을 알고 거기에 순종하므로 무당이나 의원의 간사한 속임수에 넘어가지도 않고, 타고난 바탕 그대로 천성을 온전히 실현하므로 세상 잇속에 병들지 않는다. 범을 착하고도 성스럽다[睿聖]고 하는 것은 이 때문이다. 범의 무늬를 관찰하면 천하에 그 문文을 드러내 보일 수 있다. 아주 작은 병기도 쓰지 않고 오로지 자신의 발톱과 이빨만을 사용하니 그 무예가 천하에 빛난다. 범과 원숭이를 그릇에다 새긴 것은 천하에 효孝를 넓히자는 뜻이다. 하루에 한 번 사냥하고서 그 먹이를 까마귀·솔개·참개구리·말개미 등과 함께 나눠 먹으니, 그 인仁의 행위는 말로 다하기 어렵다. 고자질하는 자도 먹지 않고, 병든 자도 먹지 않고, 상중인 자도 먹지 않으니, 그 의義야 말로 다 표현하기 어렵다.

그런데 네놈들이 먹고사는 행태는 참으로 인仁과는 거리가 멀도다. 덫과 함정으로도 부족해서 새잡이·노루잡이 그물, 물고기잡이 그물, 큰 물고기를 잡는 그

물, 수레·삼태 그물까지 만들었도다. 처음 그물을 만든 자는 그야말로 뚜렷이 세상에 으뜸가는 화근을 마련해 놓은 자이다. 게다가 뾰족 창, 쥘 창, 삼지창, 도끼, 세모창, 환도, 비수, 긴 창까지 생겨났다. 또 화포가 한 번 터지면 소리가 화산華山을 무너뜨리고 불기운은 음양을 흐트러뜨릴 정도다. 그 사나움이 천둥을 능가할 정도로 무시무시하다. 이러고서도 그 포악함을 충분히 드러내지 못하였는지, 이제는 부드러운 털을 빨아 아교를 붙여 날까지 만들었다. 형체는 대추씨 같고 길이는 한 치도 되지 않는데, 오징어 거품에다 적셨다가 이리저리 치고 찌른다. 굽기는 세모창 같고, 날카롭기는 작은 칼 같고, 예리하기는 긴 칼 같고, 갈라지기는 가지창 같고, 곧기는 화살 같고, 팽팽하기는 활 같다. 이 병기붓을 말함가 한 번 움직이면 온갖 귀신들이 밤중에 울부짖는다 하니, 이처럼 잔혹하게 서로를 잡아먹는 것이 네놈들보다 더할 수가 있겠느냐."

북곽선생이 한 발 물러나 엎드렸다가 엉거주춤 일어나 머리를 거듭 조아리며 말한다.

"옛글에 이르기를 비록 못된 사람이라 해도 목욕재계를 한다면 상제上帝라도 섬길 수 있다 하였습니다. 이 천한 신하, 감히 범님의 다스림을 받고자 합니다."

북곽선생은 숨을 죽이고 조용히 귀를 기울였으나 한참이 지나도록 아무 말도 들리지 않았다. 참으로 황송한 마음이 들어 손을 모으고 머리를 조아린 다음 고개를 들어 바라보니, 동녘은 밝아오고 범은 이미 사라진 후였다. 아침 일찍 밭을 갈러가던 농부가 물었다.

"아니, 선생께선 어인 일로 이 아침에 들판에다 절을 올리십니까?"

북곽선생이 답했다.

"내 들으니, 하늘이 높다 하나 어찌 머리를 굽히지 않을 수 있으며, 땅이 두텁다 해도 발걸음을 조심스레 디디지 않을 수 있으랴 했거든." _ '호질', 「관내정사」

2-12.
천하의 형세를 논하다 ① — 조선 선비들의 다섯 가지 망령

연암 박지원은 말한다. 중국을 유람하는 사람에게는 다섯 가지 망령된 바가 있다.

지위와 문벌이 높다고 서로 자랑하는 것은 본래 우리나라에서도 비루하다고 손가락질 받는 습속이다. 학식 있는 사람은 국내에 있을 때에도 양반입네 내세우는 것을 부끄럽게 여긴다. 하물며 변방의 일개 사족 주제에 도리어 중국의 오래된 종족을 깔본다면 어떻겠는가. 이것이 첫번째 망령됨이다.

중국의 붉은 모자나 좁고 긴 소매의 마제수馬蹄袖 복장은 한족뿐만 아니라 만주족 역시 부끄러워한다. 그러나 그들의 예법과 문물은 사방 오랑캐 중에서도 가장 뛰어나다. 우리는 그들과 겨루어 잘난 것이 한 치도 없는데 오직 조막만 한 작은 상투 하나를 가지고 자신을 뽐내려 한다. 이것이 두번째 망령됨이다.

옛날 월정 윤근수가 명나라에 사신으로 갔다가 길에서 어사 왕도곤을 만난 적이 있는데 길 한 편에 숨을 죽이고 비켜서서 먼지 자욱한 행차를 바라본 것만으로도 영광으로 생각하였다고 한다. 이제 중국이 변하여 오랑캐가 되었다 해도 '천자'라는 칭호는 여전히 유지되고 있다. 그러니 각부의 대신들은 곧 천자의 공公과 경卿인 셈이다. 옛날이라 해서 더 높다든지, 요즘이라고 해서 더 낮다든지 하지는 않을 것이다. 그런데도 사신으로 간 사람들은 관장官長을 뵙는 예식을 갖추어야 함에도 공식 석상에서 절하고 읍하는 것을 수치스럽게 여겨 걸핏하면 어떻게든 모면해 보려고 한다. 그리고 그것이 하나의 관례가 되었다. 어쩌다가 그들을 만나도 대체로 거만하게 행동하는 것을 높은 풍취로 여기고 공손하게 행동하는 것은 욕되다고 생각한다. 저들이 비록 이에 대하여 심하게 질책하지는 않는다 하더라도 속으로는 우리 쪽의 무례함을 경멸하고 있을지 어찌 알겠는가. 이것이 세번째 망령됨이다.

우리나라 사람은 한문을 안 뒤로는 모든 글을 중국에서 빌려 읽었다. 그러다 보니 중국 역대의 일을 이야기하는 것치고 '꿈속에서 꿈 해몽하는 꼴' 아닌 것이 없다. 상투적인 공령문功令文이나 운치 없는 시문이나 짓는 처지에, 툭하면 '중국에는 볼 만한 문장이 없다'고 말한다. 이것이 네번째 망령됨이다.

중국의 선비들은 강희 이전만 해도 모두 명나라의 유민이었으나, 강희 이후에는 청나라 황실의 신하요 백성이다. 진실로 청나라에 충절을 다하고 법률과 제도를 높이 받드는 것이 마땅하다. 갑자기 낯선 이와 대화를 나누면서 자기 나라의 실정을 외국 사람에게 알린다면 이들은 곧 청나라의 반역자가 되는 셈이다. 그러나 우리나라 사람은 중국 선비들이 황제의 은택을 칭송하는 걸 보기만 해도 비난의 소리를 높인다. 그러고는 문득 『춘추』의 의리를 읽기나 했겠어?" 하면서 말끝마다 연燕·조趙의 저잣거리에 비분강개한 노래를 부르는 선비가 없다고 탄식을 한다. 이것이 다섯번째 망령됨이다._「심세편」(審勢編)

2-13.
천하의 형세를 논하다 ② ─ 청나라의 형세를 살피려면

대개 중국 선비들은 그 기질이 자랑하는 것을 좋아하고 학문이 해박한 것을 귀하게 여긴다. 그들의 논리는 경전과 역사서를 종횡무진 넘나들면서 고담준론을 일삼는다. 그러나 우리나라 사람들은 말씨가 아름답지 못한 데다 질문에 급급해서 대뜸 요즘 정세에 대해 말하거나 스스로 자기 의관을 자랑함으로써 중국인들이 자신들의 옷차림을 부끄러워하는지 어떤지를 살핀다. 어떤 경우엔 단도직입적으로 명나라를 잊지 않았느냐고 물어 상대의 말문을 막히게 한다. 이런 일들은 그들이 피하는 일일뿐 아니라 우리에게도 손해가 막심하다.

그러므로 그들의 환심을 사려면 반드시 대국의 명성과 교화를 찬양하여 먼저 그들을 안심시켜야 한다.

또 중국과 우리가 하나라는 것을 보여 주어 그들의 의구심을 가라앉혀야 한다. 그러는 한편, 예악에 관심을 보임으로써 그들의 고상한 취향에 맞춰 주어야 하며 틈틈이 역대의 사적을 높이 띄워주되, 최근의 일은 언급하지 말아야 한다. 뜻을 공손히 하여 배우기를 청함으로써 그들이 마음 놓고 이야기하도록 유도해야 한다. 아무것도 모르는 척하면서 마음을 울적하게 만든다면 그들의 눈가에는 진심과 거짓이 드러날 수 있을 것이다. 그렇게 되면 웃고 대화하는 사이에 그들의 실정을 탐지할 수 있으리라. 이것이 내가 문자 밖에서 터득한 방편이다. _「심세편」

2-14.
천하의 형세를 논하다 ③ ─ 청나라가
주자를 받드는 까닭은

아! 중국의 유학은 그 기세가 점차 쇠퇴하여 천하의
학문이 하나에서 나오지 않게 되었다. 주희와 육구연
의 주장이 갈라진 이후, 양편은 수백 년 동안 서로 원
수처럼 헐뜯으며 미워하였다. 그러다 명나라 말기에
이르러, 천하의 학자들이 모두 주희를 조종祖宗으로
삼게 되면서 육구연을 따르는 이는 드물게 되었다.
청나라 사람이 중국을 장악하고 나서는 학문의 중심
과 사람들의 추세를 은밀히 살폈다. 그리고는 주희를
십철의 반열에 올려 배향하면서 온 천하에 외쳤다.
"주자의 도가 바로 우리 황실에서 대대로 이어 온 학
문이다."
마침내 천하 사람들이 만족스럽게 여겨 기꺼이 심복
하는 사람도 있었고, 이것으로 겉을 잘 꾸며서 세상

에 아부하는 자도 있었다. 그러니 육구연의 학문은 거의 끊어질 지경에 이르렀다.

아! 그들이 어찌 진실로 주희의 학문을 알아서 그것을 취했겠는가. 천자의 높은 지위에 앉아 겉으로만 숭모하는 척하였을 뿐이다. 이를테면, 중국의 대세를 살펴서 그것을 먼저 차지한 뒤, 온 천하 사람의 입에 재갈을 물려서 자기들을 감히 오랑캐라고 부르지 못하도록 하는 것에 그 뜻이 있었던 것이다. 무엇을 통해서 그렇다는 것을 알 수 있는가. 주희는 중국을 높이고 오랑캐를 배척하였다. 그러자 황제는 일찍이 저술을 통하여 송나라 고종이 『춘추』의 대의를 알지 못하였다고 배척하였고, 송의 간신 진회가 화친을 주장한 죄상을 성토하였다. 주자가 유학의 경전을 집대성하자 황제는 천하의 선비를 모아서 천하의 글을 몽땅 거두어들여 『도서집성』圖書集成과 『사고전서』四庫全書 등을 편찬했다. 그러고는 천하 사람들에게 외쳤다.

"이것이 바로 주자가 남기신 말씀이며, 주자가 남긴 종지宗旨다."

걸핏하면 주자를 높이 받든 이유는 다른 데 있는 것이 아니다. 이것은 천하 사대부들의 목덜미에 걸터앉아 그들의 목구멍을 누른 채 그 등을 어루만지는 격이다. 천하의 사대부들은 대부분 예의절목의 구구한

항목에 골몰하여 자기가 무엇을 하고 있는지도 깨닫지 못한다.

어떤 이는 이렇게 말한다. "청나라 사람들이 중국의 예문을 숭상하면서도 만주의 옛 풍속을 바꾸지 않는 것은 무엇 때문인가?"

또 어떤 이는 이렇게 말한다. "그것만으로는 저들의 마음을 헤아릴 수 없지."

그렇지만 저들은 이렇게 말할 것이다.

"우리는 천하를 이익으로 삼을 생각은 없다. 우리는 다만 명나라 황실을 위하여 크게 원수를 갚으려는 것뿐이다. 천하가 오래도록 텅 비어 있을 이치는 없을 터, 우리는 천하를 위하여 중국 땅을 다스리다가 새로운 주인이 나타나면 그 즉시 모든 것을 거두어 동쪽으로 돌아갈 것이다. 그러므로 우리 조상의 옛 제도를 감히 고치지 않는 것이다."

그리고 어떤 사람들은 이렇게 말한다. "그건 그렇다 치고, 그러면 무엇 때문에 온 천하로 하여금 강제로 자신들의 법을 따르게 한단 말인가? 그것만으로도 그들의 저의를 알고도 남음이 있다."

그러면 저들은 이렇게 말할 것이다.

"제왕이란 문자와 수레바퀴를 똑같이 하여 제도를 통일할 뿐이다. 청나라의 신하라면 마땅히 지금 제왕의 제도를 따라야 하고, 청나라의 신하가 아니라면 따르지 않으면 그뿐이다."

중국의 동남 지역은 문물이 발달한 곳이어서 분명 가장 먼저 난을 일으킬 염려가 있었다. 그들은 경박함을 좋아하고 의론 펼치기를 즐긴다. 이 때문에 강희제는 강소·절강 지역을 여섯 차례나 순행하여 은밀히 호걸의 마음을 막아 버렸다. 지금 황제는 그 뒤를 밟아서 다섯 차례나 그곳을 순행하였다. 천하의 우환거리는 늘 북쪽 오랑캐에게 있는 탓에, 강희제 시절에는 그들의 항복을 받아 낸 뒤에도 열하에 행궁行宮: 임금이 나들이 때에 머물던 별궁을 세우고 거기에 머물렀다. 그러자 몽고의 강력한 군대도 중국을 번거롭게 하지 않았다. 이처럼 오랑캐로써 오랑캐를 방비하게 되니, 군비는 절약되고 국경 방어는 굳게 다져져서 지금의 황제는 친히 군대를 통솔하여 그곳을 지키고 있는 셈이 된다. 서번이 비록 강하고 억세긴 하지만 황교를 몹시 공경한다. 이에 황제는 그 풍속을 따라 몸소 번승을 모시고 사원을 찬란하게 꾸밈으로써 그의 마음을 기쁘게 하였다. 그리고 명목상 '왕'으로 봉하여 그의 세력을 포섭하였다. 이것이 바로 청나라가 천하를 제어하는 방법이다.

만주족은 중국의 한인에 대해서만은 마치 무심한 척

하지만 속내는 그렇지 않았다. 천하의 백성들이야 세금만 적게 해준다면 절로 안정될 것인즉, 그렇게만 하면 자신들의 모자와 의복, 제도를 편히 여겨 결코 반대하지 않으리라 여겼다. 다만 천하 사대부들을 안정시킬 방법이 없는지라 임시방편으로 주희의 학문을 높여서 선비들의 마음을 크게 위무한 것이다. 그렇게 되면 호걸은 감히 노여워할지언정 대놓고 비판은 못할 것이며, 천박하고 위선적인 자들은 시속의 뜻을 따라 일신의 이익만을 꾀하리라. 한편으로는 남몰래 중국 선비들을 약하게 만들고, 한편으로는 문화적 교화라는 명분을 취한 것이다. 진시황처럼 '분서갱유'를 하지 않고도 이들 선비는 글자나 교정하는 일에 골몰하느라 그 정신이 취진국聚珍國: 사고전서를 만드는 곳에서 산산이 흩어져 버린다.

아! 천하를 어리석게 만드는 방법이 실로 교묘하고도 깊다고 하겠다. 이른바 '책을 사서 모아들이는 재앙이 불살라 버리는 재앙에 비해 더 심하다'는 것은 바로 이를 두고 하는 말이다. 그러므로 중국 선비들은 가끔 주희를 반박하면서도 전혀 거리낌이 없었으니, 어떤 이는 모기령 같은 사람에 대해서 '주자의 충신'이라는 둥, '진리를 지켜 낸 공이 있다'는 둥, '은인의 집과 원수를 맺었다'는 둥의 말을 거침없이 내뱉

기도 한다. 현실은 바로 이러했다. 이것으로 그들의 숨겨진 의도를 충분히 파악할 수 있을 것이다.

아! 주희의 도는 마치 해가 중천에 떠오른 것과 같이 세계만방이 모두 우러러보는 바이다. 황제가 개인적으로 존숭했다 한들 주희에게 무슨 누가 되겠는가. 그런데도 중국의 선비들이 그것을 부끄러워하는 것은 대개 그들이 겉으로는 존숭하는 척하면서 안으로는 세상을 억누르는 밑천으로 삼는 것에 격분해서이다. 그러므로 가끔 한두 가지 집주集注의 그릇된 곳을 핑계로 백 년 동안의 번뇌와 원한의 기운을 씻으려는 것인즉, 오늘날 주자를 반박하는 사람은 옛날 육구연의 학문을 따르던 이들과는 명백히 다르다는 점을 알 수 있다.

그렇지만 우리나라 사람들은 이런 속내를 알지 못한 채 잠깐 중국 선비를 접촉할 때 대수롭지 않은 말이라도 일단 주희와 어긋나는 바가 있을라치면 눈이 휘둥그레지며 깜짝 놀라 그들을 육구연의 무리라고 배척하곤 한다. 또 귀국해서는 이렇게 말한다. "중국에는 육구연의 학문이 크게 번성하여 유학의 도가 땅에 떨어졌더구만. 쯧쯧." 그러면 듣는 사람 역시 그 본말은 따져 보지도 않은 채 마음속에서 먼저 이렇게 분노를 일으킨다. 아! 유학을 어지럽히는 사문난적의 성토가 비록 멀리 중국까지 미치지는 못할지라도, 이단을 용납한 잘못은 진실로 용서받지 못하리라.

연암협의 계곡 엄화계筆畫溪의 꽃나무 그늘에서 술을 마시면서 꽃잎에 맺힌 이슬에 붓을 적셔 이 글을 쓴다. 뒷날 중국을 유람하다가 마음껏 주희를 반박하는 이를 만나면, 반드시 범상치 않은 선비로 여기고 이단이라면서 무조건 배척하지 말고 차분히 대화를 이끌어 그 속내를 알아내야 할 것이다. 그러면 이를 통해 천하의 대세를 엿볼 수 있으리라._「심세편」

낭송Q시리즈 동청룡
낭송 열하일기

3부
청나라의 심장부 연경에서

3-1.
1780년 가을 8월 초하루의 연경

이제 나라를 세워 '청淸'이라 하고, 도읍을 정하여 그 이름을 '순천부順天府'라 하니, 천문으로 보면 기성箕星: 이십팔수의 일곱째 별자리의 별들과 미성尾星: 이십팔수의 여섯번째 별자리의 별들의 사이였고, 지리로 말한다면 우공禹貢에서 이른바 기주冀州의 터전으로서, 전욱 고양씨高陽氏는 유릉幽陵이라 하였고, 요임금 도당씨陶唐氏는 유도幽都, 우虞는 유주幽州, 하夏·은殷은 기주冀州, 진秦은 상곡上谷·어양漁陽이라 하였다. 한漢의 초기엔 연국燕國이라 하였다가 뒤에는 나누어 탁군涿郡과 광양廣陽이라 하였으며, 진晉·당唐에서는 범양范陽이라 하였고, 요遼는 남경이라 하였다가 뒤에는 석진부析津府로 바꿨다. 송宋은 연산부燕山府라 하였고, 금金은 연경燕京이라 했다가 곧 중도中都라 바꿨으며, 원元은 대도大都라 하였고,

명明의 초년엔 북평부北平府라 하였다. 태종황제 홍타이지가 수도를 옮기고 순천부順天府라 고쳐서 오늘 이곳에 수도를 세웠다.

그 성 둘레는 사십 리, 왼쪽으로 바다가 둘러져 있고, 오른쪽으로 태항산太行山을 끼고, 북쪽으로 거용관居庸關을 베고, 남쪽으로는 하수河水·제수濟水가 옷깃처럼 흐른다. 성문 가운데 정남 방향이 정양正陽, 오른편이 숭문崇文, 왼편이 선무宣武, 동남쪽이 제화齊化, 동북쪽이 조양朝陽, 서남쪽은 평택平澤, 서북쪽은 서직西直, 북동쪽은 덕승德勝, 북서쪽은 안정安定이라 한다. 외성外城의 문은 일곱이며, 자금성紫禁城에는 문이 셋이다.

궁성宮城은 주위가 십칠 리로 문이 넷이며, 그 전전前殿: 궁전 중에서 전방에 두는 대표적인 건물을 태화太和라 하고 오로지 한 사람만이 거처하니, 그의 성姓은 애신각라愛新覺羅요, 그 종족은 여진女眞 만주부滿洲部요, 그 자리는 천자天子요, 그 칭호는 황제皇帝이고, 그 직책은 하늘을 대신하여 만물을 다스리는 일이다. 스스로를 일컬을 때는 '짐'朕이라 하고, 온 나라가 그를 높여 '폐하'陛下라 하며, 말씀을 내면 '조'詔라 하고, 명령을 내면 '칙'勅이라 한다. 머리에는 홍모紅帽를 쓰고, 마제수馬蹄袖를 입으며, 그 자리가 전수된 지 4대로써, 연호를 세워 '건륭'乾隆이라 한다.

이 글을 쓴 자는 누구인가? 조선의 박지원朴趾源이다.
때는 언제인가? 건륭 사십오년1780년 가을 팔월 초하
루이다. _「관내정사」 8월 1일

3-2.
유리창에서 지기(知己)를 기다리며

수레를 몰아 정양문을 나와 유리창을 지나면서 어떤 이에게 물었다.

"유리창은 모두 몇 칸이나 됩니까?"

"모두 27만 칸입니다."

정양문에서 가로로 뻗어 선무문에 이르기까지의 다섯 거리가 다 유리창이다. 국내외의 진귀한 물건들이 모여드는 곳이다.

나는 한 누각에 올라 난간에 기댄 채 탄식하였다.

"이 세상에 진실로 한 사람의 지기만 만나도 아쉬움이 없으리라."

아아, 사람들은 늘 스스로를 보고자 하나 제대로 볼수가 없다. 그런즉 때로 바보나 미치광이처럼 다른 사람이 되어 자신을 돌아볼 때야 비로소 자신이 다른 존재와 다를 바 없음을 알게 된다. 그리고 그런 경지에 이르러야 비로소 얽매임 없이 자유로워진다. 성인은 이 도를 운용하셨기에 세상을 버리고도 번민이 없었고, 홀로 서 있어도 두려움이 없었다. 공자는 "남이 나를 알아주지 않더라도 성내지 않는다면 또한 군자가 아니겠느냐" 하였고, 노자도 역시 "나를 알아주는 이가 드물다면 나는 참으로 고귀한 존재로다" 하였다. 이렇듯이 남이 나를 알아주기를 원치 않아서 자신의 옷을 바꾸기도 하고, 자신의 외모를 바꾸거나 이름을 바꾸는 경우도 있었다. 이는 성인과 부처, 현자와 호걸 등이 세상을 하나의 노리개 정도로 간주하여, 천하를 다스리는 것과도 그 즐거움을 바꾸지 않았기 때문이다. 이럴 때, 세상에 단 한 사람이라도 자신을 알아보는 이가 있다면, 그 자취는 드러나게 된다. 실제로 세상에 자신을 알아주는 단 한 사람의 지기가 없었던 사람은 없다. 요임금이 백성들을 살피기 위해 한미한 옷으로 바꿔 입었으나 격양가擊壤歌: 풍년이 들어 농부가 태평한 세월을 즐기는 노래를 부르는 늙은이가 나타났고, 석가가 얼굴을 달리 하였으나 아난이 그를 알아보았다. 태백泰伯은 몸에 문신을 하고 남만으로 떠나갔으나 아우 우중虞仲이 뒤를 따랐고, 예양豫讓은 몸에 옻칠을 했어도 알아보는 벗이 있었다. 삼려대부

굴원屈原이 창백한 얼굴을 했어도 그를 알아보는 어부가 있었고, 범려范蠡가 오호五湖에 배를 띄울 때 서시西施가 그와 함께 했다. 범저范雎가 이름을 장록張祿이라 바꾸고 객관에서 가만히 걸을 때에도 수가須賈가 뒤를 따랐다. 장량張良은 이교圯橋 위를 조용히 거닐다가 황석공黃石公을 만났다.

이제 나는 이 유리창 중에 홀로 서 있다. 내가 입고 있는 옷과 갓은 세상이 알지 못하는 것이고, 그 수염과 눈썹은 천하가 처음 보는 바이며, 반남 박씨는 중국 천하가 들어 보지 못한 성씨이다. 여기서 나는 성인도 되고 부처도 되고 현자도 되고 호걸도 되려니, 이러한 미치광이 짓은 기자箕子나 접여接與와 같으나 장차 어느 지기와 이 지극한 즐거움을 논할 수 있으리오._「관내정사」8월 4일

3-3.
코끼리의 재주

코끼리 우리[象房]는 선무문 안 서성 북쪽 담장 아래
에 있다. 코끼리 팔십여 마리가 있는데, 코끼리들은
큰 조회 때 오문[午門]에서 의장을 서기도 하고, 황제가
타는 가마와 의장 행렬에 쓰이기도 한다. 코끼리도
몇 품의 녹봉을 받는다. 조회 때는 백관이 오문으로
들어오기를 마치면, 코끼리가 코를 마주 엇대고 문
을 지킨다. 그러면 아무도 마음대로 출입할 수가 없
다. 당번 코끼리가 때로 병이 나서 의장을 서지 못할
때에는 다른 코끼리가 대신해야 하는데 말을 잘 듣지
않는다. 코끼리 부리는 자가 병난 코끼리를 끌어다가
보여 주어야만 그제야 바꾸어 선다. 코끼리가 물건을
상하게 하거나 사람을 다치게 하는 죄를 범하면 칙명
을 내려 매를 친다. 그러면 엎드려서 매를 다 맞은 뒤

마치 사람처럼 머리를 조아리고 사죄를 한다. 봉급도 물론 깎인다. 그리고 벌받은 코끼리의 반열로 물러가 지낸다.

나는 코끼리 부리는 자에게 부채와 청심환 한 알을 주고 코끼리 재주를 한 번 시켜 보라고 부탁했다. 그 작자는 대가가 적다며 부채 한 자루를 더 부른다. 당장 가진 것이 없어서 나중에 더 가져다준다 하고 먼저 재주를 시켜 보라 했더니, 그자가 코끼리를 살살 구슬린다. 하지만 코끼리는 눈웃음을 치며 절대 할 수 없다는 시늉을 한다. 할 수 없이 동행한 이에게 코끼리 부리는 자에게 돈을 더 주게 하였다. 코끼리는 한참 동안 눈을 흘겨보더니, 코끼리 부리는 자가 돈을 세어 주머니 속에 넣는 걸 보고서야 시키지도 않은 여러 가지 재주를 부린다. 머리를 조아리며 두 앞발을 꿇기도 하고 또 코를 흔들면서 퉁소 불듯 휘파람도 불고, 또 둥둥 북소리를 내기도 한다.

대체로 코끼리의 묘한 재주는 코와 어금니에서 나온다. 예전에 코끼리 그림을 보았을 때 두 이빨이 뭔가를 찌를 듯 곧추 뻗어 있어 코는 늘어지고 이는 뻐드러진 줄 알았는데 이제 보니 그렇지 않다. 이빨도 다 아래로 드리워져 막대기를 짚은 것만 같고, 갑자기 앞으로 향할 때는 환도를 잡은 것 같기도 하며, 갑자기 마주 볼 때는 예乂 자 같이도 보여 그 쓰이는 법이 한두 가지가 아니었다.

역사서에 보면, 당나라 명황제 때에 코끼리 춤이 있었다고 한다. 코끼리가 춤을 추다니 그게 말이 되나 하며 속으로 의심했는데, 이제 보니 사람의 뜻을 잘 알아듣기로는 코끼리만 한 짐승이 없다. 그래서인가? 이런 말까지 전해진다. "숭정崇禎: 명나라의 마지막 황제 의종 때의 연호. 1627~1644년 말년에 이자성이 북경을 함락시키고 코끼리 우리를 지나갈 때에 뭇 코끼리들이 눈물을 지으면서 아무것도 먹지를 않았다."

코끼리는 꼴은 우둔해 보여도 성질은 슬기롭고 눈매는 간사해 보여도 얼굴은 덕스러웠다. 코끼리는 새끼를 배면 다섯 해 만에 낳는다고도 하고, 혹은 열두 해 만에 낳는다고도 한다. 해마다 삼복날이면 금의위錦衣衛 관교들이 늘어선 의장 행렬로 쇠북을 울리면서 코끼리를 맞아 선무문 밖의 연못에 가서 목욕을 시킨다. 이럴 때는 구경꾼이 수만 명에 이른다고 한다._'상방'(象房), 「황도기략」(黃圖紀略)

3-4.
황금 보기를 천둥처럼 두려워하라!

조양문^{朝陽門}을 나서 못을 따라 남쪽 방향으로 가면
두어 길 되는 허물어진 둔덕이 하나 있다. 여기가 곧
옛날 황금대^{黃金臺}이다. "연^燕나라 소왕^{昭王}이 여기에
다 궁전을 지은 뒤, 축대 위에 천금을 쌓아 놓고는 천
하의 어진 선비들을 맞이하여 당시 최고의 강대국인
제나라에 맞서 원수를 갚고자 하였다"는 말이 전한
다. 그러므로 옛일을 슬퍼하는 인사들은 이곳에 이르
면 비감한 회포를 감추지 못하여 이 둔덕 위를 거닐
면서 좀처럼 발길을 돌리지 못한다.

아아, 슬프다. 축대 위의 황금은 없어졌건만 기다리
던 국사^{國士}는 오지 않는구나. 세상에는 원수가 없는
데도 원수를 갚으려는 일은 그칠 때가 없으니, 축대
위에 놓인 황금도 세상에서 사라질 수가 없구나. 나

는 원수를 갚은 역사적 사건 가운데 가장 큼직한 사건을 끄집어내어, 천하에 황금을 많이 쌓아 놓은 자들에게 외쳐 고하련다.

진秦나라 때에 황금으로 제나라의 장수를 속여 적국인 제나라를 멸망시켰으니, 원수를 갚은 공로로는 몽염 장군이 가장 클 것이다. 그런데 당세의 뛰어난 지략가 이사李斯는 제후를 위하여 몽염에게 다시 복수를 하였으니, 천하의 복수하는 자들이 이에 이르러 좀 멈칫하였다. 얼마 뒤 조고趙高는 이사를 죽였고, 자영子嬰은 조고를 죽였으며, 항우는 자영을 죽였고, 패공沛公은 항우를 죽였는데, 패공이 항우를 죽일 때 황금 사만 냥이 들었다. 그러나 서로 원수를 갚으면서 황금이 돌고 돌았을 테니 천 년이 지난 오늘날까지 그 금덩이가 어디에고 그대로 있으리라. 그걸 어찌 알 수 있는가.

원위元魏 이주조爾朱兆의 난리 때 성양왕城陽王 휘휘는 황금 백 근을 가지고 있었다. 휘는 낙양령 구조인에게 가서 의탁하였다. 구조인 아래서 일하는 세 명의 자사刺史를 모두 휘가 발탁했기 때문이다. 구조인은 집안 사람들에게 "오늘 우리 집이 부귀하게 되었구나" 하고 말했다. 그러고는 휘를 겁주기 위해 포도대장이 올 거라고 말하고, 휘를 다른 곳으로 도망치게 했다. 길에서 그를 죽인 뒤에 그의 머리를 이주조에게 보냈는데, 이주조의 꿈에 죽은 휘가 나타나 "내게 황금 이백 근이 있었는데 구조인이 가로챘으니 빼앗아 가지도록 하라"고 하였다. 이주조는 꿈에서 시킨 대로 구조인을 잡아 금을 빼앗으려고 했다. 하지만 금을 얻지 못하자 구조인을 죽여 버렸다. 이로써 보자면, 원수는 갚았지만 황금은 여전히 존재한다는 증거가 아니겠는가?

오대五代 때에 성덕成德 절도사 동온기董溫箕는 황금 수만 냥을 가지고 있었다. 온기가 거란의 포로가 되자 지휘사 비경秘瓊이 온기의 일가족을 한꺼번에 죽여 한구덩이에 파묻고 금을 몽땅 빼앗았다. 진晉의 고조高祖가 왕위에 오르자 비경이 제주齊州 방어사防禦使로 부임하게 되었다. 비경이 그 금을 다 싸 가지고 위주로 가는데, 범연광范延光이 국경에서 복병을 하고 있다가 비경을 죽이고 금을 몽땅 빼앗았다. 연광은 또 이 금으로 인해 양광원楊光遠에게 살해를 당하고, 광원은 다시 진晉 출제出帝에게 목숨을 잃었다. 그러자 광원의 부하 송안宋顏은 그 금을 털어다 이수정에게 바쳤다. 수정은 뒤에 주周 고조高祖에게 패하여 처자와 함께 불에 몸을 던져 목숨을 끊었다. 그렇다면, 그 금은 아직도 인간 세상에 남아 있을 것이다. 어떻게 알 수 있는가?

옛날에 도적 세 명이 힘을 합쳐 한 무덤을 도굴하여 금을 훔쳤다. 저희들끼리 "오늘은 피곤한데다 돈도 많이 벌었으니 술 한 잔 해야 하지 않겠어?" 하였다. 그중 한 명이 선뜻 일어나 술을 사러 가면서, 속으로 쾌재를 불렀다. '하늘이 내린 좋은 기회다! 금을 셋이 나누지 않고 내가 독차지할 수 있겠지." 이윽고 그자가 술에 독약을 타 가지고 돌아오자, 남아 있던 도적 둘이 갑자기 달려들어 그를 때려 죽였다. 그들은 먼저 술과 안주를 배불리 먹고 금을 둘이 나누려고 했지만 둘 다 무덤 옆에서 죽고 말았다.

아, 슬프도다. 이 금은 반드시 길가에 굴러다니다가 또다시 누군가의 손에 들어갔을 것이다. 우연히 그 금을 얻은 자는 가만히 하늘에 감사를 드렸으리라. 그렇지만 그것이 남의 무덤에서 훔친 물건인지, 독약을 먹은 자들의 유물인지, 또 이 금 때문에 몇 천 몇 백 명이 독살되었는지는 감히 생각하지 못했을 것이다. 그런데도 세상에는 돈을 좋아하지 않는 이가 없으니, 어인 까닭인가?

원컨대, 천하의 인사들은 돈이 있다 하여 꼭 기뻐할 일도 아니요, 없다고 하여 슬퍼할 일도 아니다. 오히려 아무런 까닭 없이 갑자기 돈이 굴러올 때는 천둥처럼 두려워하고 귀신처럼 무서워하며, 풀섶에서 뱀을 만난 듯 오싹하며 뒤로 물러서야 할 터이다._'황금대기'(黃金臺記), 「황도기략」

3-5.
연경의 옥갑에서 밤들이 나눈 이야기 ①
—거짓말쟁이 역관, 뿌린 대로 거두다

옥갑玉匣에 돌아와서 여러 비장들과 침상을 이어 놓고 밤새도록 이야기를 나누었다. 누군가 말했다. 옛날에는 연경의 풍속이 순후하여 역관들이 만 금이라도 흔쾌히 빌려 주곤 했지만 요즘은 다들 사기 치는 데만 골몰하고 있으니, 사실 그 유래는 우리나라 사람들에게서 비롯하였다. 삼십 년 전의 일이다. 빈손으로 연경에 들어온 한 역관이 있었다. 본국으로 돌아갈 때가 되자, 자신이 묵었던 집 주인 앞에서 마구 흐느껴 울기 시작했다. 주인은 놀라서 그 연유를 물었다.

"흐흐흑. 압록강을 건너올 때 다른 사람의 돈을 몰래 지니고 왔었는데, 그 일이 발각되는 바람에 제 돈까지 몽땅 관청에 몰수당하고 말았습니다. 이제 완전

빈털터리가 되었으니, 돌아간다 한들 어떻게 먹고살 지 참, 막막할 따름입니다. 차라리 여기서……."

그러더니 순식간에 칼을 빼어 들고는 자신의 목을 찌르려 했다. 주인이 깜짝 놀라서 와락 그를 껴안고 칼을 빼앗으며 말했다.

"몰수된 돈이 대체 얼마나 됩니까?"

"삼천 냥입니다."

주인이 그를 다독이며 이렇게 위로했다.

"대장부가 몸을 버리는 것이 걱정이지, 돈이 없는 것이 무슨 걱정입니까? 당신이 여기서 죽어 버리면 당신 처자식은 대체 어찌 살란 말입니까? 내, 당신에게 만 금을 빌려 드리지요. 오 년 정도 착실히 장사를 하면 모르긴 해도 만 금은 더 얻을 거요. 그때 가서 본전만 갚으시구려."

그렇게 만 금을 얻게 되자, 역관은 본격적으로 무역을 하여 큰돈을 벌어 돌아갔다. 당시 아무도 그 내막을 몰랐기 때문에 모두들 그의 재능을 신통하게만 여겼다. 그는 결국 오 년 만에 큰 부자가 되었는데, 그 즉시 역원의 명부에서 자신의 이름을 빼 버린 다음, 다시는 연경을 들어가지 않았다. 시간이 한참 흐른 뒤, 역관의 친한 친구 가운데 연경으로 들어가는 이가 있었다. 역관은 그를 불러다 이렇게 부탁을 했다.

"연경 저잣거리에서 만일 아무 객주집 주인을 만나게 되면 그이는 분명 내 안부를 물을 걸세. 그러면 온 집안이 염병에 걸려 죽었다 전해 주게."

"아니, 여보게. 그렇게 허황된 거짓말을 어찌 한단 말인가? 허참, 말도 안 되는⋯⋯."

"만일 그렇게만 하고 오면 내 자네에게 돈 백 냥을 주겠네. 어떤가?"

"허허, 것 참⋯⋯."

그 친구는 연경에서 과연 그 객주집 주인을 만나게 되었다. 주인은 정말로 역관의 안부를 물었고, 그 친구는 부탁받은 대로 대답했다. 그러자 주인은 얼굴을 가리고 대성통곡을 하면서 눈물을 비 오듯 흘렸다.

"하늘이시여, 하늘이시여! 어찌하여 그 착한 사람의 집에 이토록 참혹한 재앙을 내리신단 말입니까? 끄윽끄윽."

한참을 흐느끼던 주인은 금 백 냥을 내주면서 이렇게 말했다.

"처자식도 다 죽었다니 제사를 지내 줄 사람도 없겠군요. 고국으로 돌아가신다면 내 대신 금 오십 냥으로 제물을 갖추어 제사상을 차리고, 나머지 오십 냥으로는 재齋를 올려 그의 명복을 빌어 주십시오."

그 친구는 몹시 당황했다. 하지만 이미 엎질러진 물

이라, 하는 수 없이 금 백 냥을 받아서 돌아왔다. 그런데 이게 웬일인가! 돌아와 보니 그 역관의 집안이 진짜로 염병에 걸려 몰사를 해버린 게 아닌가. 그는 놀랍고 두려워서 그 돈 백 냥으로 객주집 주인을 대신하여 재를 올려 주었다. 그러고는 죽을 때까지 다시는 연행을 하지 않았다. 차마 객주집 주인을 볼 면목이 없었기 때문이다. _「옥갑야화」(玉匣夜話)

3-6.
연경의 옥갑에서 밤들이 나눈 이야기 ②
—변승업의 철학, 재물은 쌓아두면 재앙

누군가 변승업 이야기를 꺼냈다. 변승업은 병에 걸리
자 자신이 평생 모은 재물이 어느 정도나 되는지 알
고 싶어 했다. 회계 장부를 모조리 모아 놓고 통계를
내어 보니 변승업의 재산은 은 오십여만 냥에 이르렀
다. 그의 아들이 이렇게 청했다.

"들고 나는 것이 번잡한 데다, 이렇게 들락거리다 보
면 재산이 차츰 줄어들 겁니다. 이제 그만 한꺼번에
다 거두어들이는 게 어떨지요."

그러자 변승업은 크게 화를 내면서 이렇게 꾸짖었다.

"닥쳐라! 이는 서울 도성 안 만호萬戶의 명줄이다. 그
걸 하루아침에 끊어 버리다니, 말이 되는 소리냐?"

변승업은 나이가 들자 자손들에게 이렇게 경계했다.

"나는 평생 지위가 높은 공경들을 많이 섬겨 보았다.

그러나 나라의 권력을 한손에 틀어쥐고서 자기 집안 살림살이나 챙기는 위인치고 그 부귀영화가 삼대로 이어지는 경우를 보지 못했다. 지금 나라 안에서 재물을 늘리고자 하는 이들은 우리 집 재물이 드나드는 것을 가지고 그 기준을 정하니 이 또한 권세에 다름 아니다. 내, 이를 흩어 버리지 않는다면 장차 후손들에게 재앙이 닥치고 말 게야."

그 집안이 자손은 번창했지만 대대로 가난했던 것은, 변승업이 그랬듯 재산을 사방에 흩어 버렸기 때문이다._「옥갑야화」

3-7.
연경의 옥갑에서 밤들이 나눈 이야기 ③
—허생을 시험한 변승업

허생은 묵적골에 살았다. 남산 밑으로 가면 우물 위쪽에 오래된 은행나무가 서 있다. 그 나무를 향하여 사립문이 빠끔하게 열려 있고, 그 문을 지나 안으로 들어가면, 비바람도 가리지 못하는 초가집 두어 칸이 서 있다. 거기가 바로 허생의 집이다. 허생은 글 읽기를 좋아하여 생계를 돌보지 않아, 그의 아내가 바느질품을 판 것으로 근근이 입에 풀칠을 했다. 하루는 그 아내가 몹시 배가 고파 울면서 말했다.

"당신은 평생 과거도 보지 않으면서 글을 읽어 대체 뭣에 쓰시려오?"

"허허허! 내 글 읽기가 아직 영글지 않았구료."

"그럼, 공장이 노릇이라도 하지 그러우?"

"공장이 일이란 애초 배우질 않았으니 어쩌겠소?"

"그럼, 장사꾼도 있잖아요?"

"장사야 밑천이 없으니 어쩌겠소?"

그러자 그 아내가 버럭 화를 내며 야단을 쳐 댔다.

"아니, 당신이란 작자는 밤낮으로 글만 읽더니, 겨우 '어쩌겠소', '어쩌겠소' 하는 말만 배웠구려. 공장이 노릇도 못한다, 장사도 못한다, 그러면 도적질이라도 할 것이지, 그건 대체 왜 못하는 거유?"

순간, 허생은 책을 덮고 벌떡 일어나며 말했다.

"애석하구나! 내가 글 읽기를 시작할 제, 본디 십 년을 기약했는데, 칠 년 만에 접게 될 줄이야!"

사립문을 나서긴 했지만, 아는 사람이 하나도 없었다. 허생은 곧바로 운종가로 가 저잣거리에 있는 사람들에게 물었다.

"한양에서 제일 부자가 누구요?"

어떤 사람이 변씨卞氏라고 말해 주자 허생은 무작정 그 집을 찾아갔다. 허생은 변씨에게 길게 읍을 한 후 대뜸 이렇게 말했다.

"내 비록 가난하긴 하지만 조금 시험해 보고 싶은 일이 있습니다. 그대에게 만 금을 빌리고자 합니다."

"좋소이다."

변씨는 즉시 만 금을 내주었다. 허생은 고맙다는 인사 한마디 없이 돈을 가지고 돌아갔다.

변씨의 자제와 빈객들이 보기에 허생은 영락없는 거지였다. 허리에 두르는 실띠는 술이 마구 뽑혀 있었고, 가죽신의 뒷굽은 하도 닳아서 너덜너덜했다. 주저앉은 갓에 도포는 어찌나 까무잡잡한지 마치 그을음이 앉은 것 같았다. 그런가 하면, 코에서는 맑은 물이 줄줄 흘러내렸다. 허생이 나가자 다들 크게 놀라며 말했다.

"어르신, 저 손님을 아시는지요?"

"모르네."

"아니, 알지도 못하는 사람한테 단번에 만 금이나 던져 주시다니요? 게다가 그 사람 이름도 묻지 않으셨습니다요."

"모르는 소리! 대개 남에게 뭔가를 구하고자 하는 사람은 반드시 자기 포부를 과장하여 신용을 얻으려 하는 법이다. 그러다 보면 얼굴빛은 점점 비굴해지고, 말은 중언부언을 면치 못하게 되지. 그런데 봐라! 저 손님은 옷과 신이 비록 남루하기 짝이 없지만, 말은 간결하고 눈빛은 오만하며 얼굴엔 부끄러운 빛이 조금도 없질 않더냐. 일체 물질적인 것에 의존하지 않고 스스로 만족할 줄 아는 인물임에 분명하다. 그가 시험하려는 바가 결코 작지 않은 데다, 나 또한 그에게 시험해 보고 싶은 바가 생겼다. 주지 않겠다면 그

만이려니와 어차피 만 금을 줄 바에야 성명 따위를
물어서 뭣하겠느냐?"_「옥갑야화」

3-8.
연경의 옥갑에서 밤들이 나눈 이야기 ④
― 허생의 제안, 청나라를 이기는 방법

"무릇 천하에 대의를 외치고자 한다면 우선 천하의
호걸들과 관계를 맺지 않을 수 없고, 다른 나라를 정
벌하고자 한다면 먼저 첩자를 쓰지 않고서는 불가능
한 법이라네. 청나라가 갑자기 천하를 맡게 되었으
니, 우리는 아직 중국 사람들과는 서먹한 사이 아닌
가. 조선은 다른 나라보다 먼저 청에 항복을 했으니
저들은 우리를 깊이 믿고 있지. 진실로 그들에게 요
청하여 우리나라 자제들을 보내 학교에도 넣고 벼슬
도 하도록 하게. 당나라와 원나라 때처럼 말이야. 장
사치들의 출입도 금하지 말아 달라고 요청하고!
그러면 저들은 반드시 기뻐하면서 우리를 친근하게
여겨 그걸 허락할 테지. 그러면 나라 안의 자제들을
뽑아서 머리를 깎고 되놈의 옷을 입히고, 선비들은

가서 빈공과賓貢科에 응시하고, 평민들은 멀리 강남 땅으로 장사를 하러 가서 그들의 모든 허실을 엿보며 그곳 호걸들과 관계를 맺는 것이지. 그런 후에야 모쪼록 천하의 일을 도모할 만하고 나라의 치욕을 씻을 만하다고 할 수 있는 것이라네. 만약 명나라 황족 주씨朱氏를 구하는데 얻을 수 없다면 천하의 제후들을 이끌고 하늘에 적임자를 추천해야겠지. 일이 잘되면 우리나라는 대국의 스승이 될 것이요 잘못되어도 백구伯舅의 나라제후국 가운데 가장 큰 나라 정도는 될 것 아닌가."

이공이 낙담한 표정으로 말했다.

"사대부들이 모두 삼가 예법을 지키고 있는 마당에 누가 선뜻 머리를 깎고 되놈의 옷을 입으려고 하겠습니까."

그러자 허생은 불같이 화를 내며 말했다.

"사대부라는 것들이 대체 뭐하는 놈들이더냐? 이夷·맥貊의 땅에 태어나서 사대부로 자칭하니 어찌 미련한 게 아니더냐. 바지저고리는 순전히 하얗기만 하니 이는 상喪을 당한 사람의 복색이고, 머리털을 모아서 송곳처럼 찌르듯 맨 건 남쪽 오랑캐의 방망이 상투에 불과하다. 대체 뭐가 예법이라는 것이냐? 번오기樊於期는 사사로운 원한을 갚기 위하여 자기 머리가 잘리는 것을 마다하지 않았고, 무령왕武寧王은 나라를 강하게 만들려고 호복胡服 입는 것을 부끄러워하지 않았다.

지금 너희들은 대명을 위해서 원수를 갚고자 하면서도 머리카락 하나를 아끼고 있다. 이제 장차 말 달리기, 칼 치기, 창 찌르기, 활쏘기, 돌팔매질과 같은 군사 훈련을 해야 하는데도 그 넓은 소매 하나 고치지 않으면서 스스로 예법이라고? 내가 처음으로 세 가지 말을 해주었는데, 너는 그중 한 가지도 할 수 없다고 했다. 그런 놈이 나라에 신임받는 신하를 자처하다니, 신임받는 신하가 실로 이 정도란 말이냐? 이런 머리를 베어 버려도 아깝지 않을 놈 같으니라구!"

허생은 좌우를 돌아보며 칼을 찾더니 막 찌르려 했다. 이공은 너무 놀라 뒤편의 들창으로 빠져나와 재빨리 집으로 돌아갔다. 이튿날 다시 찾아갔지만 허생은 이미 집을 비우고 떠나간 뒤였다._「옥갑야화」

낭송Q시리즈 동청룡
낭송 열하일기

4부
뜻하지 않은 행운, 열하로 가다

4-1.
열하 대소동

초나흗날, 밖으로 구경을 나갔다. 저녁 무렵 취하여 돌아와서 이내 곤히 잠들었다가 밤중이 되어서야 잠깐 깼다. 옆 사람들은 이미 깊이 잠든 뒤였다. 목이 몹시 말라 상방에 가서 물을 찾았다. 방 안에 촛불을 밝혔더니, 정사가 인기척을 듣고는 나를 불렀다.

"아까 잠깐 졸았는데, 꿈결에 열하로 갔지 뭔가. 여정이 생시처럼 또렷하네그려."

"길에 오르신 뒤로 늘 열하 생각을 놓지 않고 계시다 보니, 꿈에서까지 나타나는 게지요."

물을 마시고 돌아와선 이내 코까지 골며 잠이 들었다. 꿈결에 별안간 요란스런 소리가 들려왔다. 뭇 사람들의 벽돌 밟는 발자국 소리가 마치 담이 무너지는 듯, 집이 쓰러지는 듯 어지럽기 짝이 없다. 깜짝 놀라

벌떡 일어나 앉으니, 머리가 어지럽고 가슴이 두근두 근한다.

하루 종일 돌아다니다 밤에 돌아와 누우면 매일 관문이 굳게 잠겼다는 사실이 떠올라 마음이 울적하여 갖가지 망념에 사로잡히곤 했다. 이를테면, 옛날 원나라의 순제順帝가 북으로 도망갈 때 느닷없이 고려의 사신을 본국으로 돌아가게 했는데 고려 사신은 관문을 나선 뒤에야 비로소 명의 군대가 온 천하를 차지했음을 알았다. 그런가 하면, 가정제嘉靖帝 때는 달단의 추장 엄답俺答이 연경을 에워싼 적도 있다.

어젯밤에 내가 변계함하고 래원과 이 이야기를 하며 서로 웃었거늘, 이제 저렇듯 발자국 소리가 요란하니 어찌 놀라지 않겠는가. 영문은 모르겠으나 큰 변고가 생긴 것만은 틀림없지 싶었다. 황급히 옷을 주워 입고 있는데, 시대가 고꾸라지듯 달려 왔다.

"곧 열하로 떠나게 되었답니다!"

그제야 래원과 변계함도 화들짝 놀라 일어나며, 아닌 밤중에 홍두깨를 맞은 듯, "관에 불이 났소?" 한다.

순간 장난기가 발동하여 "아, 글쎄. 황제가 열하에 거둥하여 연경이 비는 바람에 몽고 기병 십만 명이 쳐들어 왔다는군" 하자, 둘은 기겁을 하며 서로 부둥켜안고는 소리를 질러 댄다.

"아이고! 이제 우린 다 죽었다!"

급히 상방으로 달려가니 온 관이 물 끓는 듯하다. 통관 오림포, 박보수, 서종현 등이 새파랗게 질린 채로 황급히 달려온다. 가슴을 두드리고, 제 뺨을 치기도 하고, 제 목을 끊는 시늉을 하면서 울고불고 난리다.

"카이카이開開요. 카이카이."

'카이카이'란 목이 달아난다는 뜻이다.

또 펄펄 뛰면서 "아까운 목숨 달아나게 생겼네, 아이고, 이를 어째, 이를 어째. 어허" 한다. 까닭은 모르겠으나. 하는 짓거리들은 참 흉측하기 짝이 없다.

사연인즉 이러했다. 황제가 날마다 조선 사신을 기다리다가 사신이 왔다는 보고는 받았으나, 예부가 조선 사신을 열하 행재소로 보낼지 말지를 아뢰지도 않은 채 달랑 표자문만 올린 사실을 알고는 노발대발하여 감봉 처분을 내렸다. 그러자 상서 이하 예부의 관원들이 몸 둘 바를 몰라 우왕좌왕하면서 우리 사신들에게 당장 짐을 꾸려 열하로 떠나라고 재촉하게 된 것이다. _「막북행정록」(漠北行程錄), 8월 5일

4-2.
열하, 갈까 말까?

부사와 서장관이 모두 상방에 모여서 데리고 갈 비장들을 뽑았다. 정사는 주부 주명신, 부사는 진사 정창후와 낭청 이서구, 서장관은 낭청 조시학, 수역은 첨추 홍명복과 판사 조달동, 판사 윤갑종이 수행하기로 했다.

나 역시 함께 가고 싶은 마음 간절했다. 그러나 먼 길을 겨우 쫓아 와서 안장을 끄른 지 얼마 되지 않아 피곤이 채 가시지도 않았는데, 또다시 먼 길을 떠나자니 생각만 해도 끔찍한 노릇이요, 또 만일 열하에서 바로 본국으로 돌아가기라도 하면 연경 유람 계획은 수포로 돌아가고 만다. 예전에도 황제가 우리나라 사신단을 각별히 배려하여 곧바로 돌아가도록 한 특별 은전이 있었고 보면, 이번에도 그렇게 될 게 십중팔

구 뻔한 일이었다. 그래서 갈까 말까 망설이고 있는데, 정사가 이렇게 충고한다.

"자네가 만 리 길을 마다 않고 여기까지 온 건 천하를 널리 구경코자 함이거늘, 대체 뭘 망설이는가. 만일 돌아간 뒤에 친구들이 열하가 어떻던가 하고 물어오면 뭐라 답할 텐가. 게다가 열하는 누구도 가 보지 않은 길인데, 이 천재일우의 기회를 그냥 놓칠 셈인가?"

결국 나는 일행과 함께 떠나기로 마음먹었다. 정사 이하 수행원들의 직함과 성명을 적어서 예부로 보내어 역말 편에 먼저 황제에게 알리기로 하였는데 나의 성명만은 단자 속에 넣지 않았다. 본디 특별한 임무도 없거니와 황제의 별상別賞이 내려질까 하여 미리 피한 것이다.

사람과 말들을 점검해 보니, 사람은 모두 발이 부르트고 말은 여위고 병들어 실로 제때 열하에 당도할 것 같지 않았다. 이에 일행이 모두 마두를 빼고 견마잡이만 데리고 가기로 결정하였다. 어쩔 수 없이 나도 장복이를 두고 창대만 데려가기로 했다. 변계함과 참봉 노이점, 진사 정각, 건량 판사 조학동 등이 관문 밖에서 손을 잡고 서로 작별을 고하니, 여러 역관들도 다투어 손을 잡으며 무사히 다녀올 것을 빌었다. 떠나고 보내는 모습이 자못 처연했다. _「막북행정록」, 8월 5일

4-3.
세상에서 가장 구슬픈 이별

강가에서의 이별

나는 말한다. "하나는 살고 하나는 죽는 그 순간의 이별이야 굳이 괴로움이라 할 것이 못 된다"라고. 그러고 보면, 이별의 괴로움 중에 하나는 가고 하나는 남겨지는 때보다 더한 것은 없다. 그때는 무엇보다 그 이별의 장소가 슬픔을 부추기는 법이니, 그것은 정자도 아니요, 누각도 아니요, 산도 아니요, 들판도 아니요, 오직 물을 만나야만 한다. 그렇다고 꼭 큰 것으론 강과 바다거나 작은 것으론 도랑과 개천이어야 하는 건 아니다. 흘러가는 것이면 모두 물이 된다.

그러므로 천고에 이별을 겪은 이가 무수히 많았건만 사람들이 그 배경으로 유독 하수의 다리를 꼽는 건 무엇 때문일까? 한나라 때 소무와 이릉만이 천하의 다정다감한 사람이 아니었건만, 무엇보다 하수의 다리란 곳이 이별하는 장소로 딱 어울렸기 때문이다. 이별이 그에 알맞은 장소를 얻었으니 그 슬픔이 가장 드높은 지경에 이르렀던 것이다.

저 하수의 다리는, 얕지도 깊지도 않고 잔잔하지도 거세지도 않은 물결이 돌을 끌어안고 흐느껴 우는 듯 흘러간다. 바람도 비도 없고 흐리지도 맑지도 않은 날, 햇볕이 땅을 감돌아 어슴푸레 비추고 있다. 하수 위 다리는 오랜 세월에 막 허물어지려 하고, 물가의 나무는 가지도 없이 고목이 되려 한다. 물 바깥의 모래톱은 앉고 서고 뒹굴 수 있고 물 속에서는 물새가 떴다 잠겼다 하며 노닌다. 이 가운데 셋도 아니고 넷도 아닌, 오직 두 사람이 묵묵히 헤어지는 이별이야말로 천하의 가장 큰 괴로움이 아닐 수 없으리라._「막북행정록」, 8월 5일

이국이나 타향에서의 이별

장복과 나는 어버이와 아들의 친함이나 임금과 신하의 의로움도 아니요, 남편과 아내의 지극한 정이나

절친한 벗의 사귐도 아니다. 그런데도 생이별의 괴로움이 이토록 지극한 걸 보면, 이별의 장소가 오직 강이나 바다, 또는 저 하수의 다리이기 때문만은 아닌 듯하다. 이를테면 이국이나 타향에서라면 이별에 알맞지 않은 곳이 없는 셈이다.

아아, 슬프다. 예전 소현세자께서 심양에 계실 때 당시 신하들이 머물고 떠날 때나 사신들이 오가는 무렵에 그 심정이 오죽했을까. '임금이 욕되면 신하된 자 마땅히 죽어야 한다'는 것도 이 마당에선 오히려 평범한 말에 지나지 않는다. 차마 어찌 머물고 어찌 떠나갔으며, 차마 어찌 견디고 어찌 보냈을 것인가. 이것이야말로 우리나라에서는 제일 비통한 순간이었으리라.

아아, 슬프다. 내 비록 쥐벼룩같이 미미한 신하지만 백 년이 지난 오늘, 그저 시험삼아 한번 떠올려 보기만 해도 정신이 싸늘하고 뼈가 시려 부서질 듯한데, 하물며 그 당시 자리에서 일어나 하직의 절을 올릴 즈음에 있어서야 말해 무엇하겠는가. 당시 처지가 곤궁하고 위축된 것이 매우 심하고 의심스러워 꺼려지는 것이 너무 깊어서 눈물을 참고 소리를 삼키며 얼굴엔 참담함을 드러내지 못했으니, 그 심정이야 말해 무엇하겠는가. 그 당시 남아 있는 신하들이 떠나가는 이들을 멀리서 바라볼 때 요동벌판은 끝없이 펼쳐지고 심양의 우거진 나무들은 아득한데, 사람은 콩알만큼 작아지고 말은 지푸라기처럼 가늘어져 눈길이 닿는 곳에 땅의 끝, 물의 끄트머리가 하늘에 잇닿아 그 경계가 사라져 버리고, 해는 저물어 관문을 닫아걸 때 그 애간장이 어떠했을꼬.

이런 이별이라면 어찌 반드시 물가만이 알맞은 장소이겠는가. 정자도 알맞고, 누각도 알맞고, 산도 알맞고, 들판도 알맞은 것이다. 어찌 꼭 흐느껴 우는 물결과 어슴푸레 비추는 햇빛만이 우리의 괴로운 심정을 자아낼 것이며, 또 막 무너지려 하는 다리나 앙상한 고목만이 이별의 배경이 되겠는가. 저 화려한 기둥에 채색한 문지방이나 봄날의 푸르고 맑은 날씨라 해도 애달픈 이별의 풍경이 되고, 가슴을 치며 통곡하는 순간이 될 것이다. 이런 때를 만나면 설령 돌부처라도 돌아볼 것이고, 쇠로 된 간장일지라도 다 녹아 스러지고 말 것이니, 이야말로 우리나라에서는 죽음보다 더 슬픈 이별을 하기에 가장 알맞은 때이리라.

이런 상념에 빠져 나도 모르게 이십여 리를 더 갔다. 성문 밖은 쓸쓸하고 적막한 편이라 산천이 아무것도 눈에 들어오지 않았다. 해는 이미 저물었는데, 길을 잘못 들어서 수레바퀴를 쫓아간다는 것이 그만 서쪽으로 수십 리나 돌아가고 말았다. 양편에 옥수수밭이 하늘에 닿을 듯 아득하여, 길이 마치 깊은 웅덩이 속에 든 것 같았다. 당황해서 허둥거리는 사이에 고인 물에 무릎이 쑥 빠져 버렸다. 물이 스미도록 구덩이를 파 놓았는데 물이 그 위를 덮어서 잘 보이지가 않았던 것이다. 마음을 가다듬고 소경처럼 용을 써서 길을 헤쳐 나가 보았더니, 이미 밤이 깊었다. 동직문은 지름길이었는데도 말 위에서 엉뚱한 생각을 하느라 수십 리나 돌아 나오고 말았다. _「막북행정록」, 8월 5일

4-4.
밤에 고북구를 나서며

연경에서 열하로 갈 때 창평으로 길을 잡으면 서북쪽으로 해서 거용관居庸關으로 나오고, 밀운으로 길을 잡으면 동북쪽으로 해서 고북구로 나온다. 고북구로부터 장성을 따라 동쪽으로 산해관까지가 칠백 리고, 서쪽으로 거용관까지가 이백팔십 리다. 고북구는 거용관과 산해관의 중간에 위치한다. 험하기로는 고북구만 한 요새가 없다. 이곳은 몽고가 드나드는 목구멍에 해당하므로 겹겹의 관문을 만들어 험준한 요새를 누르고 있는 것이다. 나벽羅壁의 『지유』識遺에 이르기를, "연경 북쪽 팔백 리 밖에 거용관이 있고, 거용관 동쪽 이백 리 밖에는 호북구虎北口가 있는데, 호북구가 바로 고북구다"라고 했다.

당나라 초기부터 고북구라고 불러서 중원 사람들은

장성 밖을 모두 구외라고 부른다. 구외는 해왕, 곧 오랑캐 추장의 본거지였다. 『금사』金史를 상고해 보면, "그 나라 말로 유알령留斡嶺이라고 부르는 곳이 바로 고북구다"라고 하였다. 대개 장성을 빙 둘러서 '구'口라고 일컫는 데가 백여 곳을 헤아린다. 산을 따라 성을 쌓았는데, 깎아지른 듯한 골짜기와 깊은 계곡이 아가리처럼 벌리고 있다. 물에 부딪혀 구멍이라도 뚫리면 성을 쌓을 수 없기 때문에 정장亭鄣을 설치했다. 명나라 홍무 연간에 그곳을 지키기 위해 정장 1천 호를 두어 다섯 겹으로 닫아걸었다.

무령산을 따라 배를 타고 광형하를 건너 밤에 고북구를 빠져나왔다. 때는 바야흐로 야삼경, 겹겹의 관문을 나와 장성 아래 말을 세웠다. 높이를 헤아려 보니 십여 장약 30m이나 된다. 붓과 벼루를 꺼낸 뒤 술을 부어 먹을 갈았다. 장성을 어루만지면서 벽 한 귀퉁이에 이렇게 썼다.

"건륭 사십오년 경자 팔월 칠일 야삼경, 조선의 박지원, 이곳을 지나노라."

그러고는 크게 웃으면서 말했다.

"내 한낱 서생일 뿐이로구나. 머리가 희끗희끗해져서야 비로소 장성 밖을 나가게 되다니."

옛날 몽염 장군은 "내가 임조로부터 일어나 요동에

이르기까지 성을 만여 리나 쌓았으니, 종종 지맥을 끊지 않을 수 없었다"고 했는데, 지금 장성을 보니 산을 파내고 골짜기를 메웠다는 말이 사실이었다.

아, 슬프다! 여기는 예로부터 수많은 전쟁이 벌어진 곳이다. 후당後唐의 장종이 유수광을 잡자 별장 유광준이 고북구에서 이겼고, 거란의 태종이 산의 남쪽을 취하려고 먼저 고북구로 내려왔었다. 여진이 요나라를 멸망시킬 때 희윤이 요나라 군사를 대파한 곳도 바로 여기였으며, 연경을 취할 때 포현이 송나라 군사를 패퇴시킨 곳도 바로 여기였고, 원나라 문종이 즉위하자 당기세가 군사를 주둔시킨 곳도 여기였으며, 산돈이 상도 군사를 추격한 곳도 여기였다.

그런가 하면, 몽고의 독견첩목아禿堅帖木兒가 쳐들어올 때 원나라 태자는 이 관문으로 탈출하여 흥송興松으로 달아났다. 명나라 가정嘉靖 연간1522~1566에 엄답이 수도 북경을 침범할 때도 모두 이 관문을 경유하였다. 성 아래는 길길이 날뛰며 싸우던 전쟁터건만 지금은 온 천하가 전쟁을 멈춘 지 오래되었다. 오히려 사방으로 산이 둘러싸여 있어 수많은 골짜기들이 쓸쓸하고 적막하기만 했다.

때마침 상현이라 달이 고개에 드리워 떨어지려 한다. 그 빛이 싸늘하게 벼려져 마치 숫돌에 갈아 놓은 칼

날 같았다. 마침내 달이 고개 너머로 떨어지자, 뾰족한 두 끝을 드러내면서 갑자기 시뻘건 불처럼 변했다. 마치 횃불 두 개가 산에서 나오는 듯했다. 북두칠성의 자루 부분은 관문 안쪽으로 반쯤 꽂혔다. 벌레소리가 사방에서 일어나고 긴 바람이 싸늘하다. 숲과 골짜기도 함께 운다. 짐승같이 가파른 산과 귀신같이 음산한 봉우리들은 창과 방패를 벌여 놓은 듯하고, 두 산 사이에서 쏟아지는 강물은 사납게 울부짖어 철갑으로 무장한 말들이 날뛰며 쇠북이 울리는 듯하다. 하늘 저편에서 학 울음소리가 대여섯 차례 들려온다. 맑게 울리는 것이 마치 피리 소리가 길게 퍼지는 듯한데, 더러는 이것을 거위 소리라고도 했다. _'야출고북구기'(夜出古北口記), 「산장잡기」(山莊雜記)

4-5.
고북구를 지나며 다 하지 못한 말

우리나라 선비들은 태어나서 늙고 병들어 죽을 때까지 조선 땅을 벗어나지 못하는 신세다. 근래 선배 중에 오직 노가재 김창업과 나의 벗 담헌 홍대용만이 연경 땅을 밟았다. 전국시대 일곱 나라 중 연나라가 바로 여기이며, 우공禹貢의 구주九州 가운데 기주冀州가 바로 여기다. 천하의 관점에서 보자면 한 귀퉁이의 땅에 불과하지만 원·명으로부터 지금의 청에 이르기까지 천하를 통일한 천자들의 도읍지가 바로 여기였다. 말하자면, 옛날의 장안이나 낙양과 같은 곳이다.

소철蘇轍은 중국 선비지만 송나라의 수도 개봉에 와서 천자의 장엄한 궁궐과 창름·부고, 성지·원유 등이 광대한 것을 보고 나서야 비로소 천하가 크고 화려하다는 것을 알게 되었다며 크게 다행으로 여겼다. 하물며 동쪽 선비로서 그 크고 화려한 천자의 땅을 한 번이라도 보았으니 그 얼마나 다행인가. 내가 이번 여행을 더더욱 다행스럽게 여기는 점은 만리장성 밖으로 나와서 북쪽 변방에 이른 것이니, 이는 선배들도 일찍이 경험하지 못했던 일이다. 하지만 깊은 밤에 소경처럼 걷고 꿈결처럼 지나다 보니 아쉽게도 산천의 형세와 관방關防의 웅혼하고 기이한 바를 제대로 다 보질 못했다.

때마침 어슴푸레한 달빛이 비스듬히 비치고 있었다. 관내의 양쪽 벼랑은 깎아지른 듯 백 길 높이로 우뚝 섰고, 길은 그 사이에 있었다. 나는 어려서부터 담이 작고 겁이 많아 대낮에도 홀로 빈방에 들어가거나 밤에 침침한 등불을 만나면 언제나 머리털이 쭈뼛하고 심장이 쿵쿵 뛰곤 했다. 올해 내 나이 마흔네 살이지만 무서움을 타는 성정은 어릴 때와 같다. 지금 깊은 밤에 홀로 만리장성 아래 서 있으니, 달은 떨어지고 강물은 울며 바람은 처량하고 반딧불은 허공을 날아다닌다. 마주치는 모든 경계마다 놀랍고 신기하며 기이하기 짝이 없다. 그럼에도 홀연 두려운 마음이 없어지고 특이한 흥취가 왕성하게 일어나 공산公山의 초병草兵이나 북평北平의 호석虎石도 나를 놀라게 하지 못할 정도다. 이 점, 내 스스로 더더욱 다행스럽게 여기는 바이다.

다만 한스러운 것은 붓이 가늘고 먹이 말라 글자를 서까래만큼 크게 쓰지도 못하는 데다, 시를 지어 장성의 고사도 만들어 내지 못했다는 점이다. 조선으로 돌아가면 고을에서 다투어 몰려와 술을 주고받으며 열하에 대해 물을 것이다. 그러면 이 기록을 꺼내 놓고 머리를 맞대고 한 번 읽으면서 책상을 치며 이렇게 외쳐 보리라.

"기이하구나! 참으로 기이하구나!" _ '야출고북구기 후지(後識)', 「산장잡기」

4-6.
하룻밤에 아홉 번 강을 건너다

두 산 틈에서 나온 하수는 돌과 부딪혀 으르렁거린다. 그 솟구치는 파도와 성난 물결과 슬퍼하며 원망하는 여울이 놀라 부딪치고 휘감아 거꾸러지면서 울부짖는 듯, 포효하는 듯, 고함을 내지르는 듯 사뭇 만리장성을 깨뜨릴 기세다. 일만 대의 전차, 일만 명의 기병, 일만 문의 대포, 일만 개의 전고戰鼓로도 우르릉 쾅쾅 무너뜨려 짓누르고 압도하는 듯한 물소리를 형용해 내기엔 부족하다. 모래벌 위 거대한 바위가 한쪽에 우뚝 서 있다. 강둑의 버드나무 숲은 어둑하여 강의 정령들이 여기저기 뛰어다니며 사람들에게 장난을 거는 듯하고, 양옆에선 교룡과 이무기가 사람들을 물속으로 끌어들이려는 듯하다. 어떤 이는 이렇게 말한다.

"여기가 옛날 전쟁터인 탓에 강물이 저렇게 우는 것
이야."

하지만 사실은 그게 아니다. 강물 소리는 어떻게 듣
느냐에 따라 전혀 달라진다.

내 집은 깊은 산속에 있다. 문 앞에 큰 시내가 있는데,
매번 여름철 큰비가 한 번 지나고 나면 물이 급작스
레 불어나 항상 수레와 기병, 대포와 북이 울리는듯
굉장한 소리를 듣게 되고 마침내 그것은 귀에 큰 재
앙이 되어 버렸다.

내 일찍이 문을 닫고 누워 가만히 이 소리들을 비교
하며 들어본 적이 있었다. 깊은 소나무 숲이 퉁소 소
리를 내는 듯한 건 청아한 마음으로 들은 탓이요, 산
이 갈라지고 언덕이 무너지는 듯한 건 성난 마음으로
들은 탓이요, 개구리 떼가 다투어 우는 듯한 건 교만
한 마음으로 들은 탓이다. 만 개의 축筑이 번갈아 소
리를 내는 듯한 건 분노한 마음으로 들은 탓이요, 천
둥과 우레가 마구 쳐대는 듯한 건 놀란 마음으로 들
은 탓이요, 찻물이 보글보글 끓는 듯한 건 흥취 있는
마음으로 들은 탓이요, 거문고가 우조羽調로 울리는
듯한 건 슬픈 마음으로 들은 탓이요, 한지를 바른 창
에 바람이 우는 듯한 건 의심하는 마음으로 들은 탓
이다. 이는 모두 바른 마음으로 듣지 못하고 이미 가

습속에 자신이 만들어 놓은 소리를 가지고 귀로 들은 것일 뿐이다.

지금 나는 깊은 밤에 강 하나를 아홉 번이나 건넜다. 강은 새외塞外로부터 나와서 장성을 뚫고 유하와 조하, 황하와 진천 등의 여러 물과 만난 뒤, 밀운성 밑을 지나 백하가 되었다. 어제 배로 백하를 건넜는데 이곳은 그 하류 지역이다.

내가 아직 요동에 들어오기 전엔 바야흐로 한여름이었다. 뜨거운 태양 속을 가다가 홀연 큰 강이 앞에 닥치면 붉은 물결이 산처럼 솟구치는데, 그 끝이 보이지 않았다. 놀랍게도 천 리 밖에서 폭우가 쏟아진 때문이라 했다. 물을 건널 때면, 사람들은 모두 머리를 쳐들고 하늘만 바라보았다. 나는 그들이 머리를 들고 묵묵히 하늘에 기도를 하는 것이라 생각했는데 나중에 알고 보니 그게 아니었다. 소용돌이치면서 세차게 흘러가는 강물을 바라보노라면 몸은 물을 거슬러 올라가는 듯하고 눈은 물결을 따라 내려가는 듯 아찔하여 금방이라도 물에 빠질 것처럼 현기증이 일어난다. 그러니 사람들이 머리를 쳐들고 있는 건, 하늘에 기도를 올리는 게 아니라 아예 물을 피하여 쳐다보지 않으려는 것이다. 하긴, 그 와중에 잠깐 동안의 목숨을 위하여 기도할 틈이 어디 있겠는가.

이토록 위험한데도 사람들은 모두 하나같이 이렇게 말한다.

"요동벌판은 평평하고 넓기 때문에 강물이 절대 성난 소리로 울지 않아."

하지만 이것은 강을 몰라서 하는 말이다. 요하遼河는 울지 않은 적이 없었다. 단지 사람들이 밤에 건너지 않았을 뿐이다. 낮에는 강물을 볼 수 있으니까 위험을 직접 보며 벌벌 떠느라 그 눈이 근심을 불러온다. 그러니 어찌 귀에 들리는 게 있겠는가. 지금 나는 한밤중에 강을 건너느라 눈으로는 위험한 것을 볼 수 없다. 그러니 위험은 오로지 듣는 것에만 쏠리고, 그 바람에 귀는 두려워 떨며 근심을 이기지 못한다.

나는 이제야 도道를 알았다. 명심冥心이 있는 사람은 귀와 눈이 마음의 누累가 되지 않고, 귀와 눈만을 믿는 자는 보고 듣는 것이 더욱 섬세해져서 갈수록 병이 된다. 명심은 너와 나를 구분하고 차별하지 않는 마음이다. 지금 내 마부는 말에 밟혀서 뒤 수레에 실려 있다. 그래서 말의 재갈을 풀어 주고 강물에 떠서 안장 위에 무릎을 꼰 채 발을 옹송거리고 앉았다. 한번 떨어지면 강물이다. 그땐 물을 땅이라 생각하고, 물을 옷이라 생각하고, 물을 내 몸이라 생각하고, 물을 내 마음이라 생각하리라. 그렇게 한번 떨어질 각

오를 하자 마침내 내 귀에는 강물 소리가 들리지 않았다. 무릇 아홉 번이나 강을 건넜건만 아무 근심 없이 자리에서 앉았다 누웠다 그야말로 자유자재한 경지였다.

옛날 우임금이 강을 건너는데 황룡이 배를 등에 짊어져서 몹시 위험한 지경이었다. 그러나 삶과 죽음에 대한 판단이 먼저 마음속에 뚜렷해지자 용이든 지렁이든 눈앞의 크고 작은 것에 개의치 않게 되었다. 소리와 빛은 외물外物이다. 외물은 언제나 귀와 눈에 누가 되어 사람들이 보고 듣는, 바른 길을 잃어버리도록 한다. 하물며 사람이 세상을 살아갈 때, 그 험난하고 위험하기가 강물보다 더 심하여 보고 듣는 것이 병통이 됨에 있어서랴. 이에, 내가 사는 산속으로 돌아가 문 앞 시냇물 소리를 들으면서 다시금 곱씹어 볼 작정이다. 이로써 몸가짐에 재빠르고 자신의 총명함만을 믿는 사람들을 경계하는 바이다._'일야구도하기'

(一夜九度河記),「산장잡기」

4-7.
무박나흘의 열하행, 잠과의 사투!

열하까지 오는 나흘 밤낮 동안 한 번도 눈을 붙이지 못하였다. 그러다 보니, 하인들이 가다가 발을 멈추면 모두 서서 존다. 나 역시 졸음을 이길 수 없어, 눈시울은 구름장을 드리운 듯 무겁고 하품은 조수가 밀려오듯 쉴 새 없이 쏟아진다. 눈을 빤히 뜨고 사물을 보긴 하나 금세 기이한 꿈에 잠겨 버리고, 옆 사람에게 말에서 떨어질지 모르니 조심하라고 일깨워 주면서도 정작 내 몸은 안장에서 스르르 옆으로 기울어지곤 한다. 솔솔 잠이 쏟아져서 곤한 잠을 자게 되니 천상의 즐거움이 그 사이에 스며 있는 듯 달콤하기 그지없다. 때로는 가늘게 이어지고, 머리는 맑아져서 오묘한 경지가 비할 데 없다. 이야말로 취한 가운데의 하늘과 땅이요, 꿈속의 산과 강이었다.

바야흐로 가을 매미 소리가 가느다란 실오리처럼 울려 퍼지고, 공중에선 꽃들이 어지럽게 떨어진다. 깊고 그윽하기는 도교에서 묵상할 때 같고, 놀라서 깨어날 때는 선종에서 말하는 돈오頓悟와 다름이 없었다. 불교에서 말하는 여든한 가지 장애가 순식간에 걷히고, 사백네 가지 병이 잠깐 사이에 지나간다. 이런 때엔 추녀가 높은 고대광실에서 한 자나 되는 큰 상을 받고 아리따운 시녀 수백 명이 시중을 든다 해도, 차지도 덥지도 않은 온돌방에서 높지도 낮지도 않은 베개를 베고, 두껍지도 얇지도 않은 이불을 덮고, 깊지도 얕지도 않은 술 몇 잔에 취한 채, 장주도 호접도 아닌 그 사이에서 노니는 재미와 결코 바꾸지 않으리라.

달콤한 잠의 유혹을 이기지 못한 나는 길가에 서 있는 돌을 가리키며 이렇게 맹세하였다.

"내 장차 우리 연암 산중에 돌아가면, 일천 일 하고도 하루를 더 자서 천 일씩 자는 옛 희이선생希夷先生보다 하루를 더 자리라. 또 코 고는 소리를 우레처럼 내질러 천하 영웅이 젓가락을 놓치게 하고, 미인이 기절초풍하게 할 것이다. 만약 이 약속을 어긴다면, 내 기필코 너와 같이 돌이 되고 말 테다."

꾸벅 하며 깨어나니, 이 또한 꿈이었다. 창대가 가면

서 뭐라 뭐라 떠들어 대기에, 나 역시 주거니 받거니
하면서 가만히 살펴보니 잠꼬대가 그토록 생생하였
다._「막북행정록」, 8월 8일

낭송Q시리즈 동청룡
낭송 열하일기

5부
열하에서의 6박 7일,
그 환희의 순간들

5-1.
판첸라마를 알현하라!

군기대신이 황제의 명령을 받들고 와서 전했다.

"서번티베트의 성승聖僧을 알현할 생각이 없는가?"

"황제께서 이 보잘것없는 사신들을 한 나라 백성들과 다름없이 보시니 중국 인사들과는 거리낌 없이 왕래할 수 있지만, 다른 나라 사람과는 함부로 교제할 수 없습니다. 그것이 우리나라의 법입니다."

군기대신이 휑하니 가 버린 뒤, 모두 얼굴에 수심이 가득하다. 당번 역관들은 허둥지둥 분주하여 술이 덜 깬 사람들 같았다. 비장들은 공연히 성을 내며 투덜거렸다.

"거 참, 황제의 분부가 고약하기 짝이 없네. 망하려고 작정을 했나. 그럼. 그렇고말고. 오랑캐가 다 그렇지 뭐. 명나라 때야 어디 이런 일을 상상이나 했겠어?"

수역은 그 와중에도 비장을 향해 핀잔을 준다.

"지금 『춘추』의 대의를 논할 때가 아닐세."

조금 있다가 군기대신이 다시 급히 말을 타고 달려와 황제의 명령을 전한다.

"서장의 성승은 중국인이나 다름없으니, 즉시 가 보도록 하라."

이에 사신들이 심각한 표정으로 대책을 논하였다. 어떤 이는 친견을 하게 되면 종국엔 아주 난처한 일에 연루될 거라 하고, 또 어떤 이는 예부에 글을 보내 이치에 맞는지 따져 보자고 한다. 당번 역관은 이 사람 저 사람 말에 맞춰 건성으로 "예예" 할 뿐이다.

나야 한가롭게 유람하는 처지인지라 조금도 참견할 수 없을뿐더러 사신들 또한 내겐 자문 같은 걸 구할 생각도 하지 않았다. 이에 내심 기꺼워하며 마음속으로 외쳤다.

"이거 기막힌 기회인걸."

손가락으로 허공에다 권점을 치며 속으로 생각을 요리조리 굴려 보았다.

"좋은 제목이로다. 이럴 때 사신이 상소라도 한 장 올린다면, 천하에 이름을 날리고 나라를 빛낼 텐데. 한데, 그리되면 군사를 일으켜 우리나라를 치려나? 아니지. 이건 사신의 죄니, 그 나라에까지 분풀이를 할 수야 있겠는가. 그래도 사신이 운남이나 귀주로 귀양살이 가는 건 어쩔 수 없는 일일 게야. 그렇다면 차마 나 혼자 고국으로 돌아갈 수야 없지. 그리되면 서측과 강남 땅을 밟아 볼 수도 있겠군. 강남은 가까운 곳이지만 저기 저 교주나 광주 지방은 연경에서 만여 리나 된다니, 그 정도면 내 유람이 실로 풍성해지고도 남음이 있겠는걸."

나는 어찌나 기쁜지 즉시 밖으로 뛰쳐나가 동편 행랑 아래에서 건량마두 이동을 불러냈다.

"이동아, 얼른 가서 술을 사오너라. 돈일랑 조금도 아끼지 말고. 이후론 너랑 영영 작별이다."

이동은 아리송한 표정으로 술을 사들고 왔다. 술을 금방 비우고 들어갔더니만, 아직도 설왕설래 중이다. 예부의 독촉이 빗발 같아서 명나라 때의 하원길夏原吉처럼 위세가 등등한 자라도 즉각 명령에 따라야 할 형편이었다. 아무래도 수가 없었다. 일단 명을 따르기로 하고 안장과 말을 정돈하였는데 그러다 보니 시간이 지체되어 해가 이미 기울었다. 게다가 오후부터 날씨가 몹시 더웠다. 행재소의 대궐문을 거쳐 성을 돌아 서북쪽을 향해 절반도 못 갔을 즈음, 별안간 황제의 명령이 떨어졌다.

"오늘은 이미 늦었으니, 사신들은 돌아가서 다른 날

을 기다리도록 하여라." 이에 다들 놀란 눈으로 서로 돌아보다 풀이 팍 죽어 되돌아왔다.

성승이란 서번의 승왕 판첸라마이다. 반선불이라 부르기도 하고, 장리불이라 부르기도 한다. 중국인들은 대부분 그를 존숭하고 따르기 때문에 살아 있는 부처, 곧 활불活佛이라 일컫는다. 스스로 이르기를 사십 이대째 환생한 몸으로, 전생엔 중국에서 많이 태어났으며 지금 나이는 마흔셋이라고 한다. 지난 오월 이십일 열하로 맞아들여, 별도로 그를 위한 궁궐을 짓고 황제의 스승으로 섬기고 있다고 한다. 누군가 말했다.

"반선을 따르는 수행자들이 엄청 많았지요. 국경을 넘어온 뒤엔 점차 줄었지만, 그래도 수천 명이 넘습니다. 그들 모두 은밀히 병장기를 감추고 있건만 황제만 이를 모른답니다."

이는 측근들이 퍼뜨린 말인 듯하다. 또 거리에서 아이들이 부르는 황하요에도 이를 예언하는 말이 담겨 있다고 한다. 이 시는 욱리자郁離子가 지은 것이다.

"붉은 꽃 다 지고 누런 꽃 피는구나."

붉은 꽃이란 청나라의 붉은 모자를 가리키고, 누런 꽃이란 몽고와 서번의 누런 모자를 가리키는 것이다. 또 다른 노래에는 이런 말도 있다.

"원래는 옛 물건이니 누가 정말 주인인고."

이 노래 역시 몽고를 가리켜 부른 것이다. 몽고는 지금 마흔여덟 개의 부족이 두루 강성한 상태이며, 그 중에서 토번이 가장 강하고 사납다. 토번은 서북의 호족이자 몽고의 별부로서 황제가 가장 두려워하는 상대다.

박보수가 예부에 가 이것저것 탐문하고 와서 말을 전해 준다.

"황제께서 '그 나라는 예를 아는데 사신들은 예를 모르는구먼' 했답니다."

그러자 중국의 통관들이 모두 가슴을 치며 울부짖고 난리다.

"아이고~ 우린 이제 다 죽었습니다요."

이는 본래 중국의 통관 무리들이 잘하는 짓거리라 한다. 털끝만큼 작은 일일지라도 황제의 명령과 관계된 것이면 무조건 죽는 시늉을 하기 일쑤인데, 하물며 중도에 돌아가라고 한 것은 황제의 불편한 심기를 드러낸 것이 분명함에랴. 또 '예를 모르는구먼'이라는 말은 황제가 불편한 심기를 노골적으로 드러낸 것이니 통관들이 가슴을 치며 우는 것도 괜한 엄살만은 아닌 듯했다.

그러나 그 행동거지들이 하도 흉측하고 왈패스러워,

보는 이로 하여금 요절복통하게 하였다. 우리나라 역관들 역시 두렵긴 마찬가지일 텐데도, 눈썹 하나 까딱하지 않았다. _「태학유관록」(太學留館錄), 8월 10일

5-2.
찰십륜포의 풍광

찰십륜포란 서번 말로 '대승이 거처하는 곳'이란 뜻
이다. 피서산장에서 궁성을 돌아 오른쪽으로 봉추산
을 바라보면서 북쪽으로 십여 리쯤 가면 열하가 나온
다. 그 너머에 산을 기대어 동산을 만들었는데, 언덕
을 뚫고 산모롱이를 끊어 버려서 산이 뼈대만 드러내
고 서 있었다. 언덕이 갈라지고 암벽이 깎이면서 바
윗돌이 제멋대로 굴러 마치 신선들이 산다는 십주삼
산十洲三山의 형상처럼 되었다. 짐승이 입을 벌리고 새
가 날개를 펼친 듯, 구름이 흩어지고 우레가 터지는
듯했다.

공중에는 다섯 개의 다리가 놓여 있으며, 다리에서
길을 내어 층계를 만들었고, 평평한 곳에는 용과 봉
이 새겨져 있다. 길을 따라 흰 돌로 된 난간이 구부러지고 휘어져 문에까지 이어져 있다. 두 개의 각문이 있는데 모두 몽고 군사가 지키고 있었다. 안으로 들어서니 땅에는 벽돌을 깔아 층계로 세 개의 길을 만들어 놓았다. 흰 돌로 된 난간에는 모두 구름과 용이 새겨져 있고, 세 갈래로 나뉘어진 길은 끝에 이르러 다시 하나로 합쳐졌다. 다리에는 다섯 개의 구멍이 있고 대의 높이는 다섯 길이나 된다. 무늬 있는 돌로 난간을 둘렀는데, 돌마다 해마나 기린 같은 짐승들을 새겨 놓았다. 비늘과 뿔과 갈기와 발굽들은 모두 돌의 빛깔에 맞추어 색깔을 입혔다. 대 위에는 전각 둘이 있는데 전각은 모두 겹처마에 황금기와를 이었다. 집 위에는 황금으로 된 용 여섯 마리가 날아오를 듯 꿈틀거리고 있었다. 둥근 정자와 휘늘어진 집, 겹으로 된 다락과 포개진 전각, 드높은 누각과 층층이 이어진 행랑들은 모두 푸른빛·초록빛·자줏빛·남빛의 유리기와로 뒤덮여 있다. 억만 금의 비용이 들었음에 분명했다. 화려한 채색은 신기루를 능가하고, 아로새긴 솜씨는 귀신도 부끄러워할 만하다. 텅 비고 신묘하여 천둥이 몰아칠 듯하고, 그윽하기는 새벽기운 같았다. 라마 수천 명이 모두 붉은 선의禪衣를 끌면서 누런 좌계관左髻冠을 쓰고 팔뚝을 내놓은 채, 문이 미어지도록 몰려들어 왔다. 다들 맨발 차림에 얼굴은 칼로 깎아 놓은 듯 각이 져 있다. 검붉은 안색에 코는 크고 눈은 움푹 들어갔으며, 넓적한 턱에다 곱슬곱슬한 수염이 달려 있다. 손과 발에 모두 고리 모양의 띠를 했고, 금으로 된 귀고리를 달고 팔뚝에는 용무늬를 그려 넣었다.

전각 속 북쪽 벽 아래에 침향으로 연꽃 탁자를 만들어 놓았다. 높이는 어깨에 닿을 정도다. 반선은 가부좌를 틀고 남쪽을 향해 앉아 있었다. 황금빛 우단으로 된 관을 썼는데 말갈기 같은 털이 달려 있었고 생김새는 가죽신 모양으로 높이가 두 자 남짓이나 되었다. 금으로 짠 선의는 민소매에 왼쪽 어깨를 거쳐 온 몸을 감쌌다. 오른편 옷깃 겨드랑이 밑으로 팔뚝을 드러냈는데 굵기는 허벅지만 하고 역시 금빛이었다. 얼굴빛은 누렇고 둘레가 예닐곱 뼘이나 되어 보였다. 수염이 난 흔적은 전혀 없고, 코는 쓸개를 달아맨 것 같았다. 눈썹은 두어 치나 되고 흰 눈동자가 겹쳐 있어 몹시 음침하고 어두워 보였다.

왼쪽에는 나지막한 상 두 개가 있어 몽고왕 둘이 무릎을 맞대고 앉아 있다. 얼굴이 모두 검붉은 빛이다. 한 명은 뾰족한 코에 이마는 드높고 수염이 없었고, 다른 한 명은 얼굴은 깎아 놓은 듯한데 올챙이 수염이 났고, 누런 옷을 입고 있었다. 서로 마주 보며 중얼

거리다가 다시 머리를 들고 뭔가를 듣는 듯했다. 라마 두 명이 오른편에서 모시고 섰고 군기대신은 라마의 밑에 서 있다. 황제를 모실 때는 누런 옷을 입고, 반선을 모실 때는 라마의 옷으로 바꾸어 입었다. 조금 전에 황금기와가 햇빛에 번쩍이는 것을 보다가 전각 속에 들어가니, 전각 안이 침침한 데다 그가 입은 옷이 모두 황금 비단으로 짠 것이라 피부색까지 노랗게 비쳐 마치 황달병에 걸린 사람 같았다. 몸 전체가 온통 황금빛에 감싸여 꿈틀꿈틀한다. 살은 많고 뼈는 적어서 맑고 영특한 기운은 찾을 길이 없다. 우람한 덩치로 방을 가득 채우고 있긴 하나 도무지 위엄이라곤 찾아보기 어렵다. 몽롱하기가 마치 「수신해약도」水神海若圖를 보는 듯했다. _「찰십륜포」(札什倫布)

5-3.
판첸라마의 전생, 파사팔

황제가 내무관을 시켜서 옥색 비단 한 필을 들고 가 반선에게 바치게 했다. 내무관이 손수 비단을 세 등분하여 사신에게 나누어 주었다. 라마교에서 예물로 쓰는 비단인 '합달'哈達이 바로 이것이다. 반선 최초의 전생은 파사팔巴思八이다. 파사팔은 토파의 한 여인이 낳았다고 한다. 하루는 그 여인이 새벽에 물을 긷다가 웬 수건이 물 위에 떠 있는 것을 보고 무심결에 주워 허리에 둘렀는데 잠시 후 그 수건이 점점 기름처럼 엉기더니 이상한 향기가 났다. 먹어 보니 감미롭기 그지없으면서 마치 사내와 접촉하는 것 같은 느낌이 들었고, 마침내 파사팔을 낳았다고 한다.

파사팔은 나면서부터 신령스럽기 이를 데 없었다. 원나라 세조가 사막에 있을 때였다. 파사팔이 어려서부터 『능가경』楞伽經을 비롯하여 불경을 일만 권이나 왼다는 소문을 듣고, 사신을 보내어 맞아 오게 하였다. 만나 보니 과연 지혜롭고 명랑하며 몸 전체가 향기로 가득 차 있는 데다 걸음걸이는 천상의 존재인 듯하고 목소리는 율려에 꼭 맞는지라, 황제가 마치 여래를 본 듯이 기뻐했다. 황제께서 음을 맞춰 몽고의 새 글자를 만들어 천하에 반포하는 한편, 그에게는 대보법왕이란 호를 하사하였다. 법왕이라는 명칭은 이로부터 비롯되었다 한다.

이런 연유로 반선을 친견할 때 수건을 바치는 것이 전례典禮가 되었다고 한다. 황제 역시 반선을 친견할 때마다 누런 수건을 바친다고 한다._「찰십륜포」

5-4.
판첸라마 접견, 불경하리라!

군기대신이 말하기를, 황제도 머리를 조아리고 황제의 여섯째 아들도 머리를 조아리며 부마도 머리를 조아리는 마당에 조선 사신도 머리를 조아려 절을 올리는 게 마땅하다고 했다.

사신은 이 문제 때문에 이미 아침에 예부와 한바탕 설전을 벌였다.

"머리를 조아리는 예절은 천자의 처소에서나 하는 것인데, 어찌 천자에 대한 예절을 번승 따위에게 쓸 수 있단 말이오?"

사신은 거세게 항의했지만, 예부에서도 뜻을 굽히지 않았다.

"황제 또한 스승의 예절로 대우할 뿐 아니라, 사신은 황제의 조칙을 받들고 온 마당에 같은 예로 처신해야 마땅하지 않겠는가."

사신 역시 막무가내였다. 마침내 상서 덕보가 화가 머리 꼭대기까지 올라 모자를 벗어 땅에 집어던지고는 캉 위로 쓰러지면서 언성을 높였다.

"시끄러. 빨리 가, 빨리 가란 말이야."

이렇게 한바탕 소동을 피운 다음, 결국 여기까지 오게 된 것이다.

제독이 사신을 인도하여 반선 앞에까지 이르렀다. 군기대신이 두 손으로 수건을 받들어 사신에게 넘겨준다. 사신은 수건을 받아서 머리 높이로 들어 반선에게 바쳤다. 반선은 꼼짝 않고 앉은 채로 이것을 받아 무릎 앞에 놓으니, 수건이 탁자 아래까지 휘늘어진다. 일행이 차례로 수건 바치기를 마친 다음, 반선은 그것을 다시 군기대신에게 넘겨준다. 군기대신은 수건을 받들고 오른편에서 모시고 섰다.

사신이 막 돌아서려 하자, 군기대신이 오림포에게 눈짓을 하였다. 사신에게 절을 하라는 신호를 보낸 것이다. 하지만 사신은 이를 알아차리지 못하고 머뭇머뭇 물러서더니 몽고왕의 아랫자리에 앉았다. 앉을 때는 허리를 조금 구부리고 소매를 대충 들어 올린 다음, 털썩 앉아 버렸다. 군기대신은 당혹해하는 기색이 역력했으나 이미 앉아 버린 뒤라 아예 못 본 체하였다. 이어서 제독이 반선에게 수건을 올리면서 공손하게 머리를 조아렸다. 오림포 이하 나머지 사람들 역시 마찬가지였다.

차를 몇 차례 돌린 뒤, 반선은 사신에게 직접 여기까지 온 이유를 물었다. 말소리가 전각 안을 울려 마치 항아리 안에서 소리를 지르는 것 같았다. 미소를 띠면서 머리를 숙여 좌우편을 두루 살펴보는데, 미간을 찡그린 채 눈동자가 반쯤 드러나도록 눈을 가늘게 뜨고 속으로 굴리는 품이 시력이 좋지 않은 것 같았다. 눈동자가 가늘고 몽롱해질수록, 맑은 기운은 더욱 없어 보였다. 라마의 말을 몽고왕에게 전하자, 몽고왕은 군기대신에게, 군기대신은 다시 오림포에게, 오림포는 또 우리 역관에게 전하니, 그야말로 오중五重 통역인 셈이다. 그 와중에 상판사 조달동이 일어나 팔뚝을 걷어붙이며 욕지거리를 해댄다. "흥, 만고에 흉악한 작자로군. 어디 제명에 죽나 보자."

나는 민망하여 제발 그만두라고 눈짓을 했다._「찰십륜포」

5-5.
판첸라마의 하사품이 문제로다

그런 중에도 라마 수십 명이 붉고 푸른 갖가지 색깔의 모직과 붉은 보료, 서번의 향과 조그마한 황금 불상을 메고 와서 등급대로 선물을 나누어 준다. 그러자 군기대신은 받들고 있던 수건으로 불상을 싸서 사신에게 넘겼다. 사신은 일어서서 밖으로 나왔다. 군기대신은 반선이 하사한 물건들을 펼쳐 본 뒤, 황제께 아뢰기 위하여 말을 달려 갔다.

이윽고 사신 일행은 문을 나왔다. 한 오륙십 보쯤 가서 절벽을 등지고 소나무 그늘이 진 모래 위에 둘러앉았다. 밥을 먹으면서 사신이 고심을 털어 놓았다.

"우리들이 번승을 대하는 예절이 너무 거칠고 거만해서, 예부의 지도에 많이 어긋나고 말았어. 저이는 만승천자의 스승인지라, 앞으로 우리에게 뭔가 불이

익이 없을 수 없을 게야. 그가 하사한 선물을 거절하면 불경함이 가중될 터이고, 받자니 대의명분에 어긋나니, 장차 이를 어찌하면 좋을꼬?"

워낙 순식간에 일어난 일이라 받아야 할지 말아야 할지, 혹은 마땅한지 않은지를 따지고 말고 할 겨를이 없었다. 모두 황제의 조서에 매인 일인 데다 저들의 일처리는 마치 번갯불에 콩 볶듯, 별똥별이 떨어지듯 삽시간에 이루어진다. 그러니 우리 사신의 딱한 처지는 다만 흙으로 뭉치고 나무로 깎은 허수아비와 다를 바가 없다. 또 통역은 중역인 데다가 전달하고 말고 할 틈도 없어 피차의 통역관이 귀머거리와 벙어리가 되어, 마치 허허벌판에서 졸지에 괴상망측한 귀신을 만난 꼴이 되고 말았다. 물론 사신은 교묘한 말솜씨와 느긋한 요령이 있긴 했지만 장황스레 늘어놓을 처지가 아니고, 저들 역시 그렇게 하지 못한 건 실로 정황이 그렇게 돌아갔던 탓이다. 사신은 일단 이렇게 결정을 내렸다.

"지금 우리가 머무르는 곳은 유학을 공부하는 태학관이라 불상을 가지고 들어갈 수가 없으니, 역관을 시켜 불상을 둘 곳을 찾아보게 하라."

이때 서번인, 한인 할 것 없이 구경꾼들이 담벼락같이 빽빽하게 우리 주위를 둘러쌌다. 군뢰들이 몽둥이를 휘둘러 쫓았지만 흩어졌다가는 곧 다시 모여들곤 했다. 무심코 둘러보는데, 수정 구슬이 달린 모자를 쓰거나 푸른 깃을 꽂은 내신들이 뒤섞여서 몰래 염탐을 하고 있었다. 영돌이 큰 소리로 나를 불렀다.

"사신께서 언짢은 기색으로 오랫동안 잘잘못을 따지고 수군대는 것이 저들에게 공연히 의심을 산 게 아닐까요?"

아닌 게 아니라, 전에 황제의 조서를 전하던 소림이란 자가 내 등 뒤에 서 있었다. 나와 눈이 딱 마주치자 잽싸게 사람들 틈으로 들어가더니 말에 올라타고는 어디론가 가 버렸다. 군중 속에서 어떤 두 사람이 역시 말을 타고 달려가는데, 자세히 살펴보니 둘 다 환관들이었다.

고려 출신의 박불화朴不花가 원나라에 환관으로 들어가고부터 원의 내시들이 우리나라 말을 많이 배웠고, 명나라 시절에는 용모 준수한 조선 고자들을 뽑아 내시들에게 조선말 공부를 시켰다. 그러니 지금 우리를 엿보고 간 두 사람 또한 어찌 조선말을 모른다고 할 수 있겠는가. 소림과 푸른 깃을 꽂은 자 역시 말을 세우고 꽤 오랫동안 있다가 갔는데, 그 오고가는 동작이 하도 날래서 마치 물 찬 제비 같았다. 이들의 태도가 이토록 교묘하다 보니, 사신과 담당 역관들도 이

자들이 와서 엿듣는 것을 이제야 겨우 알아차렸다. 거기다 반선에게 받는 불상도 아직 처치하지 못한 터라, 자리를 파하지도 그냥 돌아가지도 못한 채 망연자실하여 앉아 있을 뿐이었다. _「찰십륜포」

5-6.
저 달 속에 또 하나의 세계가 있다면

이날 밤 달빛이 유난히 밝았다. 기공연암이 열하의 태학관에서 만난 만주인 기풍액(奇豊額)과 함께 명륜당으로 나가 난간 아래를 거닐다가 달을 가리키면서 물었다.

"달의 몸체는 항상 둥근데 햇빛을 빙 둘러 받기 때문에 땅에서 보면 달이 찼다가 기울었다 하는 것이 아닐까요. 오늘밤 온 세상 사람들이 일제히 달을 본다면, 보는 장소에 따라 달이 살찌기도 하고 여위기도 하며, 짙기도 하고 옅기도 하지 않을까요. 별이 달보다 크고 해가 땅보다 큰데도, 보기엔 그렇지 않은 이유는 멀고 가까운 차이 때문이 아닐까요. 만약 그것이 참이라면, 해와 지구와 달은 모두 허공에 나란히 둥둥 떠 있는 별이라고 할 수 있을 것입니다. 별에서 지구를 볼 때에도 또한 그렇게 보일 테지요. 결국, 이

지구와 해와 달이 서로 꿴 듯이 이어져 세 별이 반짝반짝 빛나는 것이 저 삼태성이나 다름없지 않습니까. 땅 표면에 붙어 있는 갖가지 만물은 모두 모양이 둥글둥글할 뿐, 네모진 것은 하나도 없습니다. 방죽方竹과 익모초 줄기가 네모졌다지만, 이것 역시 네모반듯하다고는 할 수 없지요. 세상 어디서건 네모반듯한 물건은 찾을 수가 없거늘, 무엇 때문에 유독 이 땅만을 가리켜 네모난 물건이라고 할까요. 만일에 땅덩이가 네모졌다고 하면, 월식을 할 때에 달을 검게 먹어 들어가는 변두리가 왜 활등처럼 둥글게 보일까요.

땅덩이가 네모지다고 우기는 자는 뭐든 방정方正해야 한다는 대의에 입각해서 물체를 이해하려 하지요. 반대로, 땅덩이가 둥글다고 주장하는 자는 보이는 형체만 믿고 대의는 염두에 두지 않지요. 이런 의미에서 땅덩이를 보자면 형태로는 둥글고, 대의로 말하면 방정하다고 해야 하지 않을까요.

해와 달은 오른쪽으로 수레바퀴처럼 돌아, 도는 궤도가 해는 크고 달은 작으며 도는 주기가 해는 늦고 달은 빠르므로 한 해와 한 달은 각각 일정한 도수에 맞는답니다. 그러니 해와 달이 지구를 둘러싸고 왼편으로 돈다는 말은 그야말로 우물 안의 지식이 아니겠습니까.

땅덩이의 본체는 둥글둥글 허공에 걸려, 사방도 없고 위아래도 없이 쐐기 돌 듯 돌다가 햇빛을 처음 받게 되면 날이 샌다고 하는 것이 아닐까요. 또 지구가 계속 돌아 해를 처음 받은 지점과 점차 어긋나고 멀어져서, 정오도 되고 해가 저물기도 하여 밤과 낮이 되는 거구요. 비유컨대, 창의 뚫어진 구멍으로부터 햇살이 새어 들어와 콩알만 하게 비친다고 합시다. 창 아래에 맷돌을 햇살 비치는 자리에 놓고, 바로 그 자리를 먹으로 표시해 둔 다음, 맷돌을 계속 돌리면 먹자국은 햇살 비친 자리에 그대로 남아 있을까요. 아니면 그 사이가 점차 멀어져 갈까요. 맷돌이 한 바퀴를 돌아 다시 그 자리에 돌아오면, 햇살이 비친 자리와 먹자국은 잠시 마주 포개졌다가는 또다시 떨어지게 될 것이니, 지구가 한 바퀴 돌아 하루가 되는 것도 이런 이치가 아니겠습니까.

또 등불 앞에 놓인 물레를 가만히 두고 보면, 물레가 돌 적에는 바퀴의 군데군데가 등불 빛을 받고 있지요. 그렇다고 해서 등불이 물레바퀴를 돌고 있는 것은 결코 아닐 겁니다. 지구의 밝고 어두운 이치 역시 이런 게 아닐까요. 해와 달은 원래부터 뜨고 지는 것도 아니요, 또 오고 가는 것도 아닌데 지구가 고요하다고 굳게 믿어 돌지 않는다고 생각했으니, 이는 실로 착각이었던 거지요. 명백한 이론을 찾지 못하자 춘·하·추·동을 가리켜 그 방위에 따라 논다고[游] 하기도 하구요. 논다는 것은 나아갔다 물러났다, 올라갔다 내려갔다 하는 행위를 말하는 것이니, 차라리 돈다고 함이 어떨까요.

아마 저 착각에 빠진 사람들은 이렇게 말할 것입니다. 땅덩이가 돌면 땅 위에 있던 일체의 물건들은 엎어지고 자빠지고 기울어져 떨어져 버릴 거라고.

만일에 그것들이 떨어진다면 어느 땅에 떨어질까요. 만일 그렇다면, 저 허공에 달린 별들과 은하수는 기운에 따라 돌면서도 어찌하여 떨어져 쏟아지지 않고 그대로 있을까요. 또 움직이지도 돌지도 않는다면, 어째서 썩지도 부서지지도 흩어지지도 않고 그대로 유지될 수가 있을까요.

땅 거죽에 생물들이 붙어사는데, 둥근 표면에 발을 붙이고 누구나 머리에 하늘을 이고 있지요. 비유하면, 수많은 개미와 벌들이 혹은 가장자리에 붙어 가기도 하고, 혹은 천장에 매달려 살기도 하는데, 그들의 처지에서 보면 대체 어디가 가로이고 어디가 세로이며, 또 누가 바로고 누가 거꾸로 매달렸다고 하겠습니까? 지금도 이 땅 밑에는 응당 바다가 있으니, 생물들이 쏟아지고 떨어질까봐 걱정하는 사람도 있을 텐데, 땅 밑 바다는 누가 둑을 쌓아서 쏟아지지 않고 그대로 차 있는 것일까요. 저 하늘에 총총한 별들은 크기가 얼마만 할까요. 또한 그 거죽은 지구나 다름없지 않을까요. 별에 껍질이 있다면 생물이 붙어살지 않을까요. 만일에 생물이 있다면, 각기 세상을 열어 새끼까지 쳐 가면서 살지 않을지요.

지구는 둥글어 본래 음양이 없는데, 마치 살림꾼이 동쪽 이웃에서 불을 빌리고 서쪽 집에서 물을 얻듯 붉은 해로부터 불을 받고 맑은 달로부터 물을 얻으니, 한쪽은 불이요 또 한쪽은 물인지라 이를 소위 음양이라 하는 것이 아닐까요. 이를 억지로 오행이라 이름을 붙여 상생이니 상극이니 하는데, 그렇다면 큰 바다에 풍랑이 일 때에 불꽃이 너울너울 타오르는 건 어인 연유일까요. 얼음 속에는 누에가 살고, 불 속엔 쥐가 살고, 물 속에는 고기가 살지요. 저들 각종 생물들이 저마다 살고 있는 자리를 땅이라 칩시다. 만일 달 속에도 세계가 있다면, 오늘 이 밤에 어떤 두 명의 달세계 사람이 난간에 기대어 지구를 바라보면서 땅빛의 차고 기우는 이야기를 나누고 있을지 그 누가 알겠습니까.”

기풍액이 껄껄 웃으며 말했다.

“거, 참으로 기이한 이야기로군요. 땅이 둥글다는 이

야기는 서양 사람들이 처음 말했지만 땅덩이가 돈다는 말은 하지 않았습니다. 한데, 선생은 이 학설을 스스로 터득한 것인가요, 아니면 어느 스승으로부터 이어받으신 건가요?"

"사람의 일도 모르는 터에 하늘의 일을 어찌 알겠소. 저도 본래 도수학度數學에는 어둡답니다. 장자같이 식견이 아득히 깊고 넓은 분도 우주에 대해서는 버려두고 논하지 않았지요. 제가 스스로 터득한 지식이 아니라 그저 귀동냥한 것에 불과합니다. 제 친구 홍대용은 지식이 한량없이 깊고 넓어서 일찍이 저랑 달구경을 하면서 장난삼아 이런 이야기를 지어냈답니다. 상식에는 어긋나는 이야기지만, 성인의 지혜를 가진 이라도 이 학설을 깨뜨리기는 어려울 겁니다."

"하하하. 그분을 만나 뵙기는 꿈에서도 어려울 테고, 혹시 저술 같은 게 있습니까?"

"아직 저서는 없습니다. 선배 되시는 김석문이란 분이 일찍 해·달·지구가 공중에 떠 있다는 삼환부공설三丸浮空設을 펼친 적이 있는데, 그 친구가 장난삼아 이 학설을 부연한 것입니다. 그러나 그도 실제로 관찰하여 얻은 건 아니구요. 또 일찍이 남더러 꼭 이것을 믿어 달라고 한 적도 없답니다. 나 역시 오늘 밤 달구경을 하다가, 문득 그 친구 생각이 나서 한바탕 말을 늘어놓았을 뿐입니다.”

기풍액은 한족이 아니었다. 그래서 홍대용이 일찍이 연경에서 항주 인사들과 교류했던 일을 터놓고 이야 기할 수가 없었다._「태학유관록」, 8월 13일

5-7.
코끼리를 통해 본 우주의 비의

만일 진기하고 괴이하며 대단하고 어마어마한 것을 볼 요량이면 먼저 선무문宣武門 안으로 가서 상방象房을 구경하면 될 것이다. 내가 연경에서 본 코끼리는 열여섯 마리였는데 모두 쇠사슬로 발이 묶여 움직이는 걸 보진 못했다. 그런데 지금 열하 행궁 서쪽에서 코끼리 두 마리를 보니, 온몸을 꿈틀거리며 가는 것이 마치 비바람이 지나가는 듯 실로 굉장하였다.

예전에 동해 바닷가를 새벽에 지나가다가 파도 위에 말처럼 서 있는 물체를 본 적이 있다. 무수히 많기도 하고 모두 집채만큼 크기도 하여, 물고기인지 짐승인지 통 알 수가 없었다. 해가 뜨기를 기다렸다가 자세히 보려고 했지만 해가 떠오르기도 전에 모두 바다 속으로 숨어 버렸다. 지금 열 걸음 거리에서 코끼리를 보며 생각해 보건대, 그때 동해에서 보았던 것과 참으로 흡사했다.

그 몸체를 보면 소의 몸뚱이에 나귀의 꼬리, 낙타의 무릎에 호랑이의 발, 짧은 털, 회색 빛깔, 어진 모습, 슬픈 소리를 가졌다. 귀는 구름을 드리운 듯하고 눈은 초승달 같으며, 두 개의 어금니 크기는 두 아름이나 되고 키는 일 장丈 남짓이나 되었다. 코는 어금니보다 길어서 자벌레처럼 구부렸다 폈다 하며 굼벵이처럼 구부러지기도 한다. 코끝은 누에의 끝 부분처럼 생겼는데 거기에 족집게처럼 물건을 끼워서 둘둘 말아 입에 집어넣는다.

어떤 사람은 코를 부리라고 착각하고 다시 코끼리의 코를 찾는데, 코가 이렇게 생겼을 거라고는 생각하지 못하기 때문이다. 어떤 사람은 코끼리의 다리가 다섯 개라고 하고, 어떤 사람은 코끼리의 눈이 쥐와 같다고 하지만, 이는 대개 코와 어금니 사이에만 관심을 집중하기 때문에 그런 것이다. 몸뚱이를 통틀어 가장 작은 놈을 가지고 보기 때문에 엉뚱한 오해가 생기는 것이다. 대체로 코끼리 눈은 매우 가늘어서 마치 간사한 사람이 아양을 떨 때 눈이 먼저 웃는 것처럼 보인다. 그러나 그 어진 성품은 바로 이 눈에서 나온다.

강희 황제 때였다. 남해자에 사나운 범 두 마리가 있

었다. 키운 지 오래되었는데도 길을 들이기가 어렵자 황제가 노하여 범을 상방에 가두게 했다. 그랬더니 코끼리가 크게 놀라 코를 한번 휘두르는 바람에 범 두 마리가 그 자리에서 죽었다고 한다. 코끼리는 의도하지 않았는데 범을 죽인 셈이 된 것이다. 코끼리는 단지 범의 냄새를 싫어하여 코를 휘둘렀을 뿐인데, 거기에 범이 잘못 맞았던 것이다.

아, 사람들은 세상의 사물 중에 터럭만 한 작은 것이라도 하늘에서 그 근거를 찾는다. 그러나 하늘이 어찌 하나하나 이름을 지었겠는가. 형체로 말한다면 천天이요, 성정性情으로 말한다면 건乾이며, 주재하는 것으로 말하자면 상제上帝요, 오묘한 작용으로 말하자면 신神이니, 그 이름도 다양하고 일컫는 것도 제각각이다. 이理와 기氣를 화로와 풀무로 삼고, 뿌리는 것과 품부하는 것을 조물造物로 삼아, 하늘을 마치 정교한 공장이工匠로 보아 망치·도끼·끌·칼 등으로 조금도 쉬지 않고 일을 한다고 생각한다.

그런 까닭에 『주역』에 이르기를, "하늘이 초매草昧를 만들었다"고 하였다. 초매란 그 빛이 검고 그 모양은 흙비가 내리는 듯하여, 비유를 하자면 새벽이 되었지만 아직 동이 트지는 않은 때에 사람이나 사물이 분별되지 않는 상태와 같다. 나는 알지 못하겠다. 캄캄

하고 흙비 자욱한 속에서 하늘이 과연 어떤 물건을 만들어 냈을까. 국수집에서 보리를 갈면 작거나 크거나 가늘거나 굵거나 할 것 없이 뒤섞여 바닥에 쏟아진다. 무릇 맷돌의 작용이란 도는 것일 뿐이니, 가루가 가늘거나 굵거나 무슨 의도가 있었겠는가.

그런데도 사람들은 "뿔이 있는 놈에게는 윗니를 주지 않는다"고 말한다. 이는 마치 사물을 만들면서 빠뜨린 게 있는 듯 여기는 것이니, 잘못된 생각이다.

감히 묻는다.

"이빨을 준 건 누구인가?"

사람들은 대답하리라.

"하늘이 주었다."

다시 묻는다.

"하늘이 무엇 때문에 이빨을 주었을까?"

사람들은 이렇게 대답하리라.

"씹게 하려는 것이다."

다시 이렇게 물어보자.

"사물을 씹도록 한 것은 무엇 때문인가?"

그러면 사람들은 이렇게 대답하리라.

"그게 바로 '이치'[理]입니다. 새나 짐승들은 손이 없으므로 반드시 부리나 주둥이를 구부려 땅에 대고 먹을 것을 구합니다. 그러므로 학과 같이 다리가 높은 새는 목을 길게 만들 수밖에 없는 것이지요. 그래도 혹 땅에 닿지 않을까 염려하여 부리를 길게 만들었습니다. 만일 닭의 다리를 학의 다리처럼 길게 만들었다면 뜨락에서 굶어 죽었을 겁니다."

나는 크게 웃으면서 다시 말하리라.

"그대들이 말하는 '이치'란 것은 소·말·닭·개에게나 해당할 뿐이다. 하늘이 이빨을 내린 것이 반드시 구부려서 사물을 씹도록 한 것이라 해보자. 그러면 지금 저 코끼리에게는 쓸데없이 어금니를 심어 주어 땅으로 고개를 숙이면 어금니가 먼저 닿는다. 이런 모습은 오히려 씹는 것에 방해가 되는 게 아닌가?"

어떤 사람은 이렇게 말할 것이다.

"그것은 코가 있기 때문이다."

그러면 나는 이렇게 말하리라.

"긴 어금니를 주고서 코를 핑계로 댈 양이면, 차라리 어금니를 없애고 코를 짧게 하는 게 낫지 않은가?"

그러면 더 이상 우기지 못하고 슬며시 굴복하고 만다. 우리가 배운 것으로는 생각이 소·말·닭·개 정도에 미칠 뿐, 용·봉·거북·기린 같은 짐승에게까지는 미치지 못한다. 코끼리가 범을 만나면 코로 때려 죽이니 그 코야말로 천하무적이다. 그러나 쥐를 만나면 코를 둘 데가 없어서 하늘을 우러러 멍하니 서 있을 뿐이다. 그렇다고 쥐가 범보다 무서운 존재라 말한다면 조금 전에 말한 바 이치가 아니다. 대저 코끼리는 오히려 눈에 보이는 것인데도 그 이치를 모르는 것이 이와 같다. 하물며 천하 사물이 코끼리보다도 만 배나 더한 것임에랴. 그러므로 성인이 『주역』을 지을 때 코끼리 상象 자를 취하여 지은 것도 만물의 변화를 궁구하려는 까닭이었으리라._'상기'(象氣), 「산장잡기」

5-8.
판타지아, 놀라운 마술의 세계

귓구멍에서 계란 꺼내기

요술쟁이는 계란보다 조금 작은 둥근 수정 구슬 두 개를 탁자 위에 놓았다. 그중 한 개를 집어 입을 벌리고 넣으니, 목구멍은 좁고 구슬은 커서 삼키지를 못한다. 구슬을 토해 내어 도로 탁자 위에 놓는다. 다시 광주리 속에서 계란 두 개를 꺼내 두 눈을 부릅뜨고 목을 늘인 채로 알 하나를 삼킨다. 마치 닭이 지렁이를 삼키고 뱀이 두꺼비 알을 삼켰을 때처럼 알이 목 속에 걸려서 거죽에 혹이 달린 것처럼 보였다.

다시 알 하나를 삼키니 인후를 틀어막았는지 재채기를 하고 구역질을 한다. 목에 핏대가 서자 요술쟁이는 자기가 한 짓이 후회막심인 듯, 마치 살고 싶지 않은 듯이 대젓가락으로 목구멍을 쑤시니 젓가락이 꺾어져 땅에 떨어진다. 요술쟁이는 이제 어쩔 수 없다는 듯 입을 쫙 벌려 사람들에게 보여 주는데, 목구멍 속에서 조금 하얀 것이 보인다. 그가 가슴을 치고 목을 두드리며, 답답해하고 쩔쩔매는 꼴을 보고 사람들은 "으이구, 경솔하게 알량한 재주를 자랑하더니만, 결국 저렇게 죽고 마는구나" 하였다.

요술쟁이는 묵묵히 듣고 있다가 마치 귓불이 가려운 듯이 귀를 긁어 댄다. 무슨 의심이 난 듯 손가락 끝으로 귓구멍을 후벼 흰 물건을 끄집어내는데, 앗! 바로 계란이었다. 요술쟁이는 오른손으로 그 계란을 쥐고 여러 사람들에게 두루 보여 주더니, 왼쪽 눈에 넣었다가 오른편 귀에서 뽑아 내고, 오른쪽 눈에 넣었다가 왼편 귀에서 뽑아 내며, 콧구멍에 넣었다가 뒤통수로 뽑아 낸다. 목에는 아직도 계란 한 개가 그대로 걸려 있었다. _「환희기」(幻戲記)

칼 삼키기

요술쟁이는 흰 흙덩이로 땅에 큰 동그라미를 치더니 사람들을 동그라미 밖에 둘러앉게 했다. 그 다음에 모자를 벗고 옷을 끄르더니 시퍼렇게 간 칼을 내어 땅 위에 꽂았다. 그러고는 다시 댓가지로 목을 쑤셔 계란을 깨뜨리려 했다. 땅을 버티고 서서 한번 토해 내려 해도 계란은 끝내 나오지 않았다. 이에 그 칼을 빼어 좌에서 우로, 우에서 좌로 휘두르다가 공중을 쳐다보며 위로 던졌다가 손바닥으로 받더니 또 한번 하늘 높이 던진다. 그 다음, 하늘을 향하여 입을 벌리니 칼끝이 바로 떨어져 입속에 꽂힌다. 순간, 사람들은 얼굴빛이 변하여 모두 벌떡 일어나고 깜짝 놀라 말을 잃었다.

요술쟁이는 여전히 고개를 젖히고 두 팔을 늘이고 한참을 뻣뻣이 선 채, 눈 한 번 깜박하지 않고 하늘을 똑바로 쳐다보면서 한참 있다가 칼을 삼키기 시작한다. 병을 기울여 뭔가를 마시듯 목과 배가 서로 마주 응하여 불룩거리는 것이, 마치 성난 두꺼비 배 같다. 칼고리가 이에 걸려 칼자루만 넘어가지 않고 남아 있는데 요술쟁이는 양 손을 땅에 짚고 엎드려 칼자루를 땅에 쿡쿡 다진다. 이와 칼고리가 부딪쳐 딱딱 소리가 난다. 다시 일어나 주먹으로 칼자루의 머리를 친 뒤 한 손으론 배를 만지고, 다른 한 손으론 칼자루를 잡고 내두른다. 그러자 뱃속에서 칼이 오르내리는데 그 모습이 마치 살가죽 밑에다 붓으로 줄을 긋는 것 같아 어떤 사람들은 가슴이 섬뜩하여 똑바로 쳐다 보질 못했고, 또 어린애들은 무서워하며 울며 달아났 다. 바로 이때였다. 요술쟁이는 손뼉을 치고 사방을 돌아본 후 늠름하게 똑바로 서서 뽑아든 칼을 천천히 두 손으로 받들어 보인다. 뽑아 낸 칼을 사람들의 눈 앞에 일일이 확인시키면서 인사를 하는데, 칼끝에 묻 은 핏방울엔 아직도 더운 기운이 제법 많이 남아 있 다._「환희기」

몽환 같은 세상, 돈을 흩어 가난한 자를 구제할지어다

요술쟁이는 커다란 유리 거울을 탁자 위에 놓고 시렁 을 만들어 세우는데, 이때 사람들을 불러서 문을 열 고 거울 속을 구경하게 한다. 여러 층 누각과 몇 겹 전 각에 단청을 곱게 했는데, 관원 한 사람이 손에 파리 채를 잡고 난간을 따라 천천히 걸어간다. 어여쁜 계 집들이 서너 명씩 무리를 지어 혹은 보검을 쥐거나 금병을 들었고, 혹은 생황을 불거나 비단 공을 차는 데, 구름 같은 머리와 화려한 귀고리가 묘하고 아름 답다. 방 안의 수많은 기물들은 종류마다 보배로운 것들로, 세상에서 가장 부귀해 보인다. 사람들은 구경하는 데 푹 빠져서 그것이 거울인 줄도 잊어버리고 부러움을 이기지 못해 거울을 뚫고 들어가려 한다.

이때 요술쟁이는 구경꾼들을 꾸짖어 물리치고 거울 문을 닫고는 한동안 보여 주지를 않는다. 한가로이 이리저리 거닐다가 사방을 향해 무슨 노래를 부르고는 다시 거울 문을 열어 사람들에게 보여 준다. 전각은 적막하고 누각은 황량한데 일월이 얼마나 지났는지 아름다운 여인들은 어디론가 사라져 버리고, 다만 한 사람이 침상 위에서 옆으로 누워 자는데, 옆에는 아무런 기물도 남아 있지 않았다. 손으로 귀를 받치고 누워 있는데, 정수리에서는 김 같은 것이 모락모락 솟아나온다. 처음은 가늘고 끝은 둥글어서 모양이 마치 늘어진 젖통 같다. 버들 귀신이 앞에서 인도하고 박쥐가 그 이마에서 나오는 김을 타고 올라가 안개 속에서 노닌다. 잠자던 사람은 기지개를 켜면서 깨어나려다가 또 잠이 드는데, 갑자기 두 다리가 수레바퀴로 바뀐다. 오, 맙소사! 아직 바퀴살이 만들어지지 않았는데도 구경꾼들 중 이를 섬뜩하게 여기지 않는 사람이 없어 거울을 등지고는 정신없이 달아나 버린다.

세상의 몽환이 본래 이와 같으니, 거울 속에서 보여 준 염량세태와 하나도 다를 바가 없다. 인간 세상에서 벌어지는 오만 가지 일들도 다 그러하니, 아침에 무성했다가 저녁에 시들고 어제의 부자가 오늘은 가난해지고 잠깐 젊었다가 갑자기 늙는 일 따위의 일들이 마치 '꿈속의 꿈'처럼 허망하기 짝이 없다. 죽거나 살거나, 있거나 없는 일들 중에 무엇이 참이고, 무엇이 거짓이리오. 그러므로 나, 세상에 착한 마음을 지닌 사내와 보살심을 지닌 형제들에게 말하노라.

환영인 세상에서 몽환 같은 몸으로, 거품 같은 금과 번개 같은 비단으로 인연이 얽어져서, 기운에 따라 잠시 머무를 뿐이니, 원컨대 이 거울을 표준삼아 덥다고 나아가지 말고, 차다고 물러서지 말며, 지금 가지고 있는 돈을 흩어서 가난한 자를 구제할지어다._

「환희기」

5-9.
눈이란 과연 믿을 만한 것일까?

이날 홍려시^{鴻臚時} 소경^{少卿} 조광련^{趙光連}과 의자를 나
란히 하고 요술을 구경한 뒤, 조광련에게 말했다.

"눈이 시비를 분별하지 못하고 진위를 살피지 못한
다면, 눈이 없다 해도 아무 상관이 없을 것입니다. 항
상 요술을 부리는 이들에게 속는 것은 눈이 망령되기
때문인데, 이 경우 밝게 본다는 것이 도리어 탈이 된
다고 할 수 있지요."

조광련이 묻는다.

"비록 요술을 잘하는 자가 있다 하더라도 소경은 눈
속임하기가 어려울 테니, 눈이란 과연 믿을 만한 것
일까요?"

내가 말했다.

"우리나라에 서화담^{徐花潭}이란 분이 있는데, 그분이

길에서 주저앉아 엉엉 우는 자를 만났습니다. '네, 어찌 우느냐?' 하고 묻자, 그자가 이렇게 대답했습니다. '제가 세 살에 소경이 되어 바야흐로 사십 년이 되었습니다. 이전에는 걸음을 걸을 때는 발을 의지해서 보고, 물건을 잡을 때는 손을 의지해서 보았습니다. 목소리를 들어 누구인지를 분별할 때는 귀를 의지해서 보았고, 냄새를 맡아 무슨 물건인지 살필 때는 코를 의지해서 보았습니다. 다른 사람들은 두 눈만 가졌지만 나는 팔과 다리, 코와 귀 모두 눈이 아닌 것이 없었습니다. 어디 다만 팔과 다리와 귀와 코뿐이었겠습니까. 날이 이르고 늦은 것은 낮의 피로함으로 보고, 물건의 형용과 빛깔은 밤에 꿈으로 보아서, 아무런 장애도 없고 의심과 혼란도 없었습니다. 한데, 아까 길을 걸어오다가 홀연히 두 눈이 맑아지고 동자가 저절로 열려 눈을 뜨고 보니, 천지는 드넓고 산천은 마구 뒤섞여 만물이 눈을 가리고 온갖 의심이 마음을 막게 되었습니다. 팔과 다리와 귀와 코는 뒤죽박죽 착각을 일으켜 온통 이전의 일상을 잃어버리고 말았습니다. 급기야 살던 집까지 잊어버려 돌아갈 방법이 없는지라 이렇게 울고 있습니다.'
이에 화담 선생이, '네가 네 지팡이에게 물어보면 지팡이가 알아서 할 것 아니냐' 하였더니 그는 '내 눈이 이미 밝았으니 이 지팡이를 어디에 쓰겠습니까' 하였습니다. 그러자 선생이 말했지요. '도로 네 눈을 감아라. 바로 거기에 네 집이 있을 것이다.'

이로써 보자면, 눈이란 그 밝음을 자랑할 것이 못 됩니다. 오늘 요술을 구경하는 데도 요술쟁이가 눈속임을 한 것이 아니라 실은 구경꾼들이 스스로 속은 것일 뿐입니다." 「환희기 후지(後識)」

낭송Q시리즈 동청룡
낭송 열하일기

6부
길 위에서 만난 사람들

6-1.
고지식한 하인 장복이

책문 밖에서 아침을 먹었다. 행장을 정리하다 보니 왼쪽 주머니에 넣어 둔 열쇠가 간 곳이 없다. 풀밭을 샅샅이 뒤졌건만 끝내 찾지 못해 장복을 꾸짖었다.

"에라, 이 한심한 놈아! 행장 간수는 제대로 않고 한눈만 팔더니, 겨우 책문에 와서 벌써 이런 일이 생겼구나. 속담에 사흘 길을 하루도 못 가서 늘어진다더니, 이천 리를 더 가 연경에 도착할 때쯤이면 네놈 창자도 남아나질 않겠구나. 구요동舊遼東과 동악묘東岳廟엔 원래 좀도둑이 많다는데, 네놈이 또 한눈을 팔다가는 뭘 잃어버릴지 모르겠다. 쯧쯧."

장복은 민망하여 머리를 긁적인다.

"쇤네, 정신 똑바로 차리겠습니다. 그 두 곳을 구경할 적엔 아예 두 손으로 눈깔을 꼭 붙들고 있을랍니다.

그러면 대체 어느 놈이 뽑아 가겠습니까요?"

"자알 한다!"

매사가 다 이런 식이다. 장복이는 나이도 어리고 초
행길인 데다 도무지 융통성이라곤 없는 놈이다. 동행
하는 마두들이 장난으로 농지거리를 하면 곧이곧대
로 다 믿어 버린다. 저런 놈을 믿고 먼 길을 갈 생각을
하니 참, 답답하기 짝이 없다. _「도강록」, 6월 27일

6-2.
중국통, 득룡

득룡은 가산 사람이다. 열네 살 때부터 북경에 드나들어 이번 북경행이 서른번째나 된다. 중국어에 능통한 데다 크건 작건 간에 우리 일행의 일은 모두 득룡이 아니면 감당할 사람이 없다. 가산부·용천부·철산부 등의 중군中軍 수석군관을 지내고 품계가 가선嘉善에까지 이르렀다. 사행이 있을 때마다 미리 가산으로 공문을 보내서 득룡의 식구들을 인질로 붙잡아 두는데, 득룡이 도망치는 것을 막으려는 심산이다. 그것만으로도 그의 재간을 짐작하고도 남음이 있다. 명나라 유민 강세작이 처음 조선으로 나왔을 때 득룡의 집에 묵었는데, 그때 득룡의 조부와 친구가 되어 서로 중국말과 조선말을 배웠다고 한다. 득룡이 중국말을 잘하는 것도 집안 내력 탓이리라. _「도강록」, 6월 26일

6-3.
초란공 정진사(정각)

(1)

"벽돌을 석회로 이어 놓아 보면 부레풀로 나무를 붙
인 듯 붕사硼砂로 쇠를 붙인 듯, 수많은 벽돌들이 아교
로 붙인 듯 하나로 응결되어 성을 이루게 되지. 벽돌
한 장의 단단함이야 돌만은 못하겠지만, 돌 한 개의
단단함이 벽돌 만 개의 단단함에는 못 당한다네. 그
렇다면 벽돌과 돌 중 어느 편이 더 이롭고 편리한지
쉽게 구별할 수 있지 않겠나?"

정진사는 한껏 몸이 꼬부라져서 말 등에서 떨어질 지
경이었다. 이미 잠든 지 오래된 모양이다. 내가 부채
로 그의 옆구리를 꾹 찌르며 큰 소리로 야단을 쳤다.

"어른이 말씀하시는데 어째서 잠만 자고 듣질 않는
건가!"

정진사가 웃으며 말한다.

"벌써 다 들었지요. 벽돌은 돌만 못하고, 돌은 잠만 못하다는 거 아닙니까?"

"예끼! 이 사람아!"

나는 화가 나서 때리는 시늉을 하고는 함께 한바탕 크게 웃었다._「도강록」, 6월 28일

(2)

새벽에 길을 떠나면서 보니 지는 달이 땅 위에서 몇 자 안 되는 곳에 걸려 있다. 푸르고 맑은 기운이 감도는데, 모양은 아주 둥그렇다. 계수나무 그림자가 짙게 드리웠고, 옥토끼와 은두꺼비가 가까이서 어루만져질 듯하다. 항아의 고운 비단 옷자락 너머로 살포시 흰 살결이 내비친다. 나는 정진사를 돌아보며 말했다.

"참 이상도 하이. 오늘은 해가 서쪽에서 뜨네그려."

정진사는 처음엔 달인 줄도 모르고 나오는 대로 응수한다.

"늘상 이른 새벽에 여관을 떠나다 보니 동서남북을 분간하기가 정말 어렵구만요."

일행이 모두들 웃음을 터뜨렸다. 조금 뒤 달이 기울어 완전히 땅 끝으로 떨어지자 그제서야 정진사도 크

게 웃었다.

붉은 빛이 들판 숲에 가로 뻗치더니, 별안간 천만 가지 기이한 봉우리로 피어올라 온 천지를 물들인다. 용이 서린 듯, 봉황새가 춤추는 듯. 천 리까지 길게 뻗친다. _「일신수필」, 7월 16일

(3)

정진사는 중국말이 서투른 데다 또 이가 성기어 달걀볶음을 매우 좋아하므로 책문에 들어온 뒤로 중국말이라고는 다만 '초란'炒卵뿐이다. 그나마 혹시 말할 때 발음이 샐까, 잘못 들을까 걱정하여, 가는 곳마다 사람을 만나면 '초란' 하고 말해 보아 혀가 잘 돌아가는지를 시험한다. 그 때문에 정진사를 초란공이라고 부르게 되었다. 광대놀이에 쓰는 탈 중의 하나를 '초란'俏亂이라 부르는데, 달걀볶음이라는 중국말 '초란'과 발음이 비슷하기 때문에 초란공이라 부르는 것이다. _「관내정사」, 7월 25일

6-4.
우스운 꼴의 군뢰들

의주부에서 가장 건장한 자로 뽑혀 온 군뢰들은 하인들 중에서 일도 가장 많고 먹기도 제일 많이 먹는다. 그들의 차림새는 하도 우스워 포복절도할 지경이다. 구름무늬 감색 비단을 속에 받쳐 만든 전립에 머리를 질끈 동여맸다. 꼭대기에는 운월 무늬 장식을 했고 다홍빛 상모를 매달았다. 전립 앞쪽에는 쇠를 잘게 잘라서 날랠 용勇 자를 만들어 붙였다. 검푸른빛 삼베로 만든 소매 좁은 군복에 붉은 빛 무명 배자를 입었다. 허리엔 남방주사 전대를 졸라매고 어깨엔 주홍빛 무명의 대융을 걸쳤다. 발에는 성글게 만든 미투리를 꿰어 찼다. 차림새를 보면 어엿한 사내다. 그러나 그가 탄 말은 소위 반부담이다. 안장 없이 짐을 잔뜩 실어, 타고 있다기보다는 오히려 쭈그리고 걸터앉은 셈이다. 등에는 작은 감색 깃발을 꽂았다. 한손에 군령판을, 다른 한손에는 붓·벼루·파리채와 팔뚝만 한 마가목 지팡이·짧은 채찍을 잡고, 입으로는 나발을 불고 있다. 좌석 밑엔 붉은 곤장 10여 개를 비스듬히 꽂았다.

각방에서 조금이라도 호령을 할 일이 있으면 즉시 군뢰를 부른다. 그러면 군뢰는 일부러 못 들은 체한다. 십여 차례나 연거푸 불러대면, 그제야 입으로는 구시렁거리면서도 마치 처음 들었다는 듯이 큰소리로 대답한다. 그러고는 단번에 말에서 뛰어내려 멧돼지처럼 내달려 소처럼 헐떡거리며 달려간다. 나팔이며 군령판·붓·벼루 등을 모두 한쪽 어깨에 둘러메고 막대 하나를 질질 끌며 간다. _「도강록」, 6월 24일

6-5.
흉악한 말몰이꾼

사신단의 은화는 누가 훔쳐갔을까?

이날 밤 고교보에서 묵었다. 이곳은 지난해 사행이
은을 잃은 곳이다. 이 일 때문에 지방관이 파직을 당
했고, 근처 점포에선 사형당한 사람도 있다고 한다.
이로 인해 순찰을 맡은 갑군은 밤새도록 야경을 돌면
서 우리나라 사람을 도적이나 다름없이 엄하게 감시
했다. 창고지기의 말을 들으니, 이곳 사람들은 조선
사람을 원수같이 여겨서 가는 곳마다 문을 닫고 숫제
상대조차 하지 않는다고 한다. 이들은 몸서리를 치며
말한다. "고려, 고려 하면 진저리가 나오. 묵었던 집
주인을 죽이고 은자 천 냥에 네다섯 명의 목숨을 앗
아갔으니, 대체 그게 말이 되오? 우리네 중에도 나쁜

사람이 많지만 당신네 일행 중에도 어찌 좀도둑이 없겠소. 장물을 숨겨 달아나는 방법이 몽고인들과 다르지 않더이다."

내가 역관에게 그 연유를 물었더니, 그 전말을 말해 주었다.

"지난 병신丙申년1776년에 영조대왕의 부고를 전하러 갔던 사행이 돌아오면서 이곳에서 묵었답니다. 그런데 여기서 공금으로 가지고 온 은 천 냥을 잃어버리고 말았지요. 사신들이 의논하기를, '이 은자는 나라의 돈이라 만일 쓴 곳이 명확하지 않을 땐 국법에 따라 액수를 맞추어서 환납해야 합니다. 천 냥이나 잃어버렸으니 돌아가서 뭐라고 보고를 하지요? 설령 우리가 잃었다고 한들 누가 믿으며, 물어내자고 한들 누가 감당하겠습니까?' 하고는 곧 지방관에게 글을 올려 전후 사연을 알렸지요. 중후소에 보고하자, 중후소에서는 금주위에, 금주위에선 산해관 수비에게 이 사실을 알렸답니다. 그러자 며칠 새에 이 일이 예부에 알려지고, 바로 그날로 황제의 명령이 내려졌지요. 일단 이 지방의 공적 자금으로 잃은 돈을 배상하게 하고, 여기 지방관이 평소 순찰에 힘쓰지 않아 길손이 원통한 변을 당했다 하여 그 책임을 물어 파직시켜 버렸습니다. 그러고는 점방의 주인과 가까운 이

웃에 사는 용의자들을 잡아다가 호되게 닦달했지요. 그 바람에 용의자들 중 너덧 명이나 죽고 말았습니다. 사행이 미처 심양에 이르기도 전에 황제의 분부가 내려졌으니, 일처리가 얼마나 신속한지 알 수 있지요. 그 뒤로 고교보 사람들은 우리나라 사람을 원수처럼 여기는데, 충분히 그럴 만한 셈이지요." _「일신수필」, 7월 18일

의주의 말모이꾼들

의주의 말모이꾼들은 태반이 불량한 치들이다. 오로지 연경에 출입하는 것으로 생계를 삼아 해마다 연경 드나들기를 제 집 마당 밟듯이 한다. 그런데, 의주 관아에서 그들에게 주는 급료는 한 사람당 백지 육십 권에 지나지 않는다. 그러다 보니 백여 명에 달하는 말몰이꾼들은 길에서 도적질을 하지 않고는 연경을 드나들 수가 없다. 그들은 압록강을 건넌 뒤로는 얼굴도 씻지 않고 벙거지도 쓰지 않는다. 머리털은 뒤엉켜 더벅머리 꼴에 먼지와 땀이 엉겨 붙어 있다. 비바람에 시달려 옷과 벙거지는 해지고 더럽혀져 귀신인지 사람인지도 못 알아볼 정도인데, 그 모습이 흠

사 도깨비처럼 보인다. 이들 가운데 열다섯 살 먹은 아이가 있는데, 이 아이는 벌써 이 길을 세 번이나 드나들었다고 한다. 처음 구련성에 닿았을 때는 제법 말쑥하여 귀엽더니 절반도 못 와서 햇빛에 그슬리고 시꺼먼 먼지를 뒤집어 써 두 눈만 빼꼼히 하얗게 보일 따름이다. 걸친 거라고는 홑고쟁이뿐인데, 그마저 다 떨어져 엉덩이가 죄 드러날 정도였다. 이 아이가 이러할진대 다른 치들이야 더 말할 나위도 없다. 그런데도 이들은 도무지 부끄러움이라곤 모른다. 게다가 도둑질하는 걸 보통으로 알아서 밤에 점방에 들면 무슨 수를 써서라도 반드시 훔치고야 마는데, 점방 주인들도 이를 단속하기 위해 온갖 책략을 다 동원한다. 지난해 동지 사행 때 의주 상인 하나가 은화를 몰래 가지고 오다가 말몰이꾼에게 맞아 죽었다고 한다. 이때 빈 말 두 마리만 고삐를 놓아서 도로 강을 건너보냈는데, 말이 각기 제 집으로 찾아 든 것을 증거삼아 죄를 물었다고 한다. 그 흉악함이 이런 정도니, 은이 없어진 것이 어찌 이놈들의 소행이 아니라 할 수 있겠는가._「일신수필」, 7월 18일

6-6.
고려보의 조선인들

고려보에 도달해 보니 모두 지붕을 이엉으로 엮은 초가집들이라 무척이나 초라한 느낌이 들었다. 묻지 않고도 이곳이 고려보임을 알아차릴 수 있었다. 병자호란 발발 이듬해인 정축丁丑년1637년에 포로로 끌려온 이들이 마을을 이룬 것이다. 중국 동쪽 편 천여 리에는 논이 없는데, 이곳만은 논이 있다. 떡과 엿 등이 조선과 흡사했다.

이전에는 사신 일행이 당도했을 때 하인배들이 술이나 음식을 사 먹으면 값을 받지 않는 일도 더러 있었으며, 아낙네들도 내외를 하지 않았고, 고국 이야기가 나오면 눈물짓는 이도 적지 않았다. 사정이 이러다 보니 점차 잇속을 챙기려는 하인배들이 생겨나 술과 음식을 먹고도 값을 치르지 않으며, 그릇이며 의

복까지 토색질하기 일쑤였다. 주인이 고국의 옛정을 생각하여 까다롭게 굴지 않으면 틈을 노려 도둑질을 일삼곤 했다.

이런 탓에 고려보 주민들은 차츰 고국 사람들에 대해 염증을 느끼기 시작하여, 급기야는 사신일행을 만나면 술과 음식을 감추어 두고 팔려고 하지 않았고, 사정사정해야만 겨우 팔되 바가지를 씌우거나 선불을 요구했다. 그럴수록 하인들은 온갖 속임수를 동원해 사기를 침으로써 분풀이를 하고, 그러다 마침내 서로 원수 대하듯 하게 되었다. 그래서 이곳을 지날 때면 일제히 소리 높여 욕을 한다. "이놈들아, 네놈들 할애비가 오셨거늘 어찌 나와서 절을 하지 않느냐." 그러고 나면 고려보 사람들 역시 우리들을 향해 맞받아친다. 이런 지경에 우리 사신 일행은 이곳 고려보 풍속이 틀려먹었다고 욕을 해대니, 이 얼마나 한심한 노릇인가._「관내정사」, 7월 28일

6-7.
중국 통관, 쌍림

쌍림은 수레 왼편에 자리를 비워 나를 앉히고는 손수 수레를 몰고 갔다. 쌍림은 또 장복을 불러서 오른편 끝채에 앉히고는 장복에게 제안을 한다.

"내가 조선말로 묻거든 너는 관화官話: 청나라 때 중국 관청에서 쓰던 표준말로 대답하거라."

둘이 수작하는 말을 듣고 있자니 우습다 못해 허리가 끊어질 지경이었다. 쌍림의 조선말은 마치 세 살 먹은 아이가 '밥 줘'를 '밤 줘' 하는 수준이고, 장복의 중국말은 반벙어리 말 더듬듯, 언제나 '에' 소리만 거듭한다. 참, 혼자 보기 아까웠다. 게다가 어이없게도, 명색이 통관통역관이라는 쌍림의 조선말이 장복의 중국말보다 못하다. 존비법을 전혀 모를뿐더러, 말마디도 바꿀 줄 모른다. _「일신수필」, 7월 17일

이렇게 주거니 받거니 하면서 삼십 리 길을 갔다. 두 사람이 서로 상대방의 말을 시험해 보려고 이런저런 얘기를 한 것이다. 장복의 중국말은 책문에 들어온 뒤 길에서 주워들은 것에 불과하지만 쌍림이 평생 배운 조선말보다 훨씬 낫다. 이로 보건대, 우리말보다 중국말이 쉽다는 것을 알겠다.

수레는 삼면에 녹색 담요로 휘장을 쳐서 걷어 올렸다. 좌우로는 주렴을 드리우고 앞에는 공단으로 차일을 쳤다. 수레 안에는 이불을 깔아 놓았다. 한글로 쓴 『유씨삼대록』이 몇 권 보인다. 언문 글씨가 조잡할 뿐 아니라 책장도 다 해졌다. 내가 쌍림더러 읽어 보라고 하니 몸을 흔들면서 소리 높이 읽었으나, 구절이 도무지 딱딱 맞지가 않는다. 입 안에 가시가 돋고 입술이 얼어붙은 듯 글자마다 끙끙거리며 겨우겨우 읽어 나간다. 한참을 들었는데도 헷갈려서 도대체 무슨 소린지 알 수가 없었다. 제까짓 게 늙어 죽도록 읽어 봐야 아무런 효과가 없을 듯하다. _「일신수필」, 7월 17일

6-8.
만주족 여인

벽 저쪽에서 가끔 여인의 말소리가 들려온다. 가냘픈 목청에 교태 섞인 하소연이 마치 제비나 꾀꼬리가 우짖은 소리 같다.

'아마 주인집 아가씨겠지. 필시 절세가인일 게야.'

이런 생각을 하며 장난삼아 방쪽으로 들어가 보았다. 그런데 쉰 살은 넘어 보이는 부인이 평상에 기대어 문 쪽을 향해 앉아 있었다. 생김새가 볼썽사나운 데다 추하기 짝이 없다. 나를 보더니 인사를 건넨다.

"어르신, 안녕하세요?"

"주인께서도 복 많이 받으십시오."

대답을 하면서도 짐짓 머뭇거리며 차림새를 살폈다. 쪽을 진 머리엔 온통 꽃을 꽂고, 금팔찌 옥귀걸이에 붉은 분을 살짝 발랐다. 검은색의 긴 옷을 걸치고 은 단추를 촘촘히 달아서 여몄다. 발엔 풀·꽃·벌·나비를 수놓은 신발을 신고 있다. 전족을 하지 않은데다가 궁혜弓鞋를 신지 않은 걸로 봐서 아마 만주족 여자인 듯하다.

주렴 뒤에서 한 처녀가 나온다. 스무 살 가량 되어 보이는 얼굴이다. 머리를 양 갈래로 갈라서 위로 틀어 올린 것으로 보아 처녀임이 분명하다. 생김새는 역시 씩씩하고 사납지만 살결은 희고 깨끗하다. 쇠 양푼에 다 수수밥 한 사발을 수북하게 퍼 담더니, 양푼에 물을 부은 다음, 구석에 있는 접이의자에 걸터앉아 젓가락으로 밥을 먹는다. 또 잎사귀 달린 파뿌리를 장에 찍어서 밥이랑 같이 먹는다. 목에는 달걀만 한 혹이 달려 있다. 밥을 먹고 차를 마시면서도 조금도 부끄러워하는 빛이 없다. 해마다 조선 사람을 봐와서 익숙해진 탓이리라._「도강록」, 7월 1일

6-9.
사람 좋은 몽고인들

몽고 수레 수천 대가 벽돌을 싣고 심양으로 들어온다. 수레마다 소 세 마리가 끌고 있다. 소는 대개 흰색이고 개중에는 더러 푸른 것도 있다. 무더위에 무거운 짐을 끌고 오느라 소가 코에서 피를 내뿜는다. 몽고인들은 코가 우뚝한 데다 눈이 깊숙하다. 험상궂고 날래고 사나운 품이 인간의 형상이 아니다. 게다가 옷과 벙거지는 남루하기 짝이 없고 얼굴에는 땟국물이 줄줄 흐르는데도 버선만큼은 신고 있다. 그래서 우리 하인배들이 맨다리로 다니는 꼴을 보곤 이상스럽게 여기는 모양이다.

우리 말몰이꾼들은 해마다 몽고인들을 보아온 터라 서로 희롱하면서 길을 간다. 채찍으로 그들의 벙거지를 쳐서 길가에 내동댕이치기도 하고, 혹은 공처럼 툭툭 차기도 한다. 그래도 몽고인들은 성내지 않고 웃는 얼굴로 두 손을 내밀어 부드러운 말씨로 돌려 달라고 사정한다. 또 우리 하인들이 뒤에서 벙거지를 빗겨 안고 밭 가운데로 도망가면서 쫓기는 체하다가 갑자기 몸을 돌려 그들의 허리를 안고 다리를 건다. 그러면 몽고인들은 영락없이 넘어지고 만다. 그런 다음 잽싸게 몽고인의 가슴을 타고 앉아 입에 흙을 넣어 버린다. 그 모습을 본 되놈들은 수레를 멈추고 서서 한바탕 웃는다. 밑에 깔렸던 놈도 웃으며 일어나 입을 닦고 벙거지를 털어서 고쳐 쓰고는 다시 덤벼들지 않는다. _「성경잡지」(盛京雜識), 7월 10일

6-10.
청심환에 욕심 낸 산사의 중들

절에 살고 있는 중은 겨우 둘뿐으로, 난간 밑에 오미자 두어 섬을 한창 말리고 있었다. 내 그곳을 지나다 우연히 몇 알을 주워서 입에 넣었는데, 중 하나가 보고 있다가 별안간 화를 버럭 내고 눈을 부릅뜨며 소리를 지른다. 하는 짓이 험악하기에 나는 얼른 일어나서 난간가로 비켜섰다.

우리 일행 중 마두 춘택이 때마침 담뱃불을 붙이러 들어섰다가 그 상황을 보더니 크게 노하여 곧장 앞으로 나아가 욕을 퍼붓는다.

"우리 어르신께서 날씨가 더워 갈증이 나셔서 이 자리에 널려 있는 쌔고 쌘 것들 중에서 겨우 몇 알을 씹어 해갈이나 해볼까 하신 거다. 야, 이 양심도 없는 까까중놈아, 하늘에도 높은 하늘이 있고, 물에도 깊은 물이 있는 법이다. 높낮이도 분간 못하고 깊이도 못 재는 이 당나귀 같은 놈아. 이렇게 무례하게 굴다니, 이게 무슨 경우냐?"

그러자 중은 자기 모자를 벗어 들고는 입가에 게거품을 물고 어깨를 삐딱하게 한 채 까치걸음으로 나와 소리를 지른다.

"너희들 영감이 나하고 무슨 관계가 있어? 너는 높은 하늘이 두려울지 모르지만 나는 하나도 안 무서워. 제 아무리 관노야關老爺:『삼국지』의 관우를 말함가 신령스럽고 마른 하늘에 날벼락이 친다 한들 내가 무서워 할 게 뭐 있나?"

춘택이 댓바람에 그의 뺨을 한 대 올려 부친다. 그러더니 조선말로 말도 안 되는 욕지거리를 쏟아붓는다. 그제야 중이 뺨을 감싸 쥐며 비틀비틀 들어가 버린다. 나는 목소리를 높여 춘택에게 소란 떨지 말라고 야단을 쳤다. 그러나 춘택은 노기가 등등하여 즉시 그 자리에서 한바탕 죽도록 팰 기세다. 또 다른 중은 부엌문에 서서 웃음을 머금은 채 어느 편도 들지 않을뿐더러 아예 말리지도 않는다. 춘택은 그 녀석을 또 한 주먹으로 패서 엎어 버리더니 욕을 해댄다.

"우리 어르신께서 이 일을 만세야萬歲爺: 황제를 높여서 하는 말 앞에 아뢰어서 네놈의 대가리를 빠개 버리든지, 이

절을 완전히 쓸어서 아주 평지를 만들어 줘 버릴 테
다."

중도 일어나 옷을 털면서 욕을 한다.

"너희 어른이 공짜로 오미자를 가져갔잖아. 그런데
도리어 네놈을 시켜 사발만 한 주먹으로 되갚다니,
이게 무슨 도리냐."

말은 이렇게 하지만 그의 기색은 차츰 사그라진다.
춘택은 더욱 성을 내면서 욕을 해댄다.

"그게 무슨 공짜냐? 그걸 한 말을 드셨냐, 한 되를 드
셨냐? 그까짓 눈곱만 한 작은 알갱이 때문에 우리 어
르신의 높은 면목을 깎아내린단 말이냐? 만일 만세
야께서 이 상황을 알게 되신다면, 그 순간 너 같은 까
까중놈의 대가리는 한방에 부숴 버릴 거야. 네놈이
우리 어르신은 무서워하지 않는다 쳐도 만세야까지
도 두렵지 않단 말이냐?"

그 중은 더욱 기가 죽어서는 다시 대거리를 하지 못
한다. 춘택은 이때 또 엄청나게 많은 욕을 해댔는데,
툭하면 만세야를 팔아먹곤 한다. 이날 이 시간, 만세
야의 두 귀가 당연히 간지러웠으리라. 춘택이 말끝마
다 황제를 들먹이면서 허세를 부리는 꼴이란 정말 사
람들을 포복절도하게 한다. 그 고약한 중 녀석은 진
짜로 '만세야'라는 석 자를 마치 천둥이나 귀신이라

도 되는 양 두려워한다. 춘택이 벽돌 하나를 뽑아서 때리려 하자 두 중은 모두 멋쩍게 웃으며 달아나 숨어 버린다. 조금 뒤 웃는 얼굴로 다가오더니 산사 열매 두 개를 바치면서 청심환을 달라고 한다. 애당초 이렇게 소란을 떤 건 청심환을 얻으려는 수작이었던 것이다. 그 심보는 괘씸하기 짝이 없었지만 나는 곧 청심환 한 알을 주었다. 그러자 청심환을 받아 든 중은 머리를 무수히 조아린다. 진짜 염치가 없다. 산사는 살구처럼 크기는 하지만 너무 시어서 먹을 수가 없다.

옛 성인은 물건을 주고받는 일에 있어서 매우 조심했다. 옳은 것이 아니면 지푸라기 하나라도 남에게 주지 않고, 옳은 것이 아니면 지푸라기 하나라도 남에게 받지 않았다. 대저 지푸라기는 세상에 지극히 작고도 하찮은 물건이어서 만물로 치지도 않으며, 지푸라기 하나를 주고받는 일은 논의거리도 되지 못한다. 그래서 지푸라기와 같은 하찮은 물건까지도 조심하라는 성인의 말에서 청렴이 도가 너무 지나치다는 느낌을 지울 수 없었다. 그런데 오늘 오미자 사건을 겪고 나니 비로소 지푸라기에 대한 성인의 말씀이 지나친 것이 아님을 깨달았다. 아, 성인이 어찌 나를 속이겠는가. 오미자 몇 알은 정말 지푸라기처럼 보잘것

없는 물건인데, 그걸 빌미로 저 미련한 중은 나에게 이토록 무례한 행위를 했으니 상식에 어긋난 짓이라 할 만하다. 그렇지만 이것 때문에 싸움이 일어나서 주먹다짐에까지 이르렀고, 바야흐로 그들이 싸우게 되자 분한 마음을 참지 못하여 피차 간에 생사를 걸었던 것이다. 이런 상황이 되면 비록 오미자 몇 알일지라도 재앙은 산더미처럼 커졌으니, 작고 하찮은 물건이라 해서 결코 얕볼 수 없다는 걸 알겠다. _「환연도중록」(還燕道中錄), 8월 17일

낭송Q시리즈 동청룡
낭송 열하일기

7부
길 위의 연암을 보라

7-1.
떠날 때도, 돌아올 때도 단출한 행장

아침을 먹은 뒤 혼자 말을 타고 먼저 출발했다. 말은 자주색 갈기에 흰 정수리, 날씬한 정강이에 높은 발굽, 뾰족한 머리와 짧은 허리에 두 귀가 쫑긋한 품이 만 리를 달릴 듯싶다. 창대는 앞에서 견마를 잡고 장복은 뒤에서 따라온다. 안장에는 주머니 한 쌍을 달았다. 왼쪽 주머니에는 벼루를 넣고 오른쪽에는 거울, 붓 두 자루, 먹 한 장, 조그만 공책 네 권, 이정록 한축을 넣었다. 행장이 이렇듯 단출하니 국경에서의 짐 수색이 아무리 엄하다 한들 근심할 게 없다. _「도강록」, 6월 24일

밤에 객관에서 묵었다. 여러 역관들이 모두 내 방으로 모여들었다. 술과 안주가 조금 있기는 했지만 먼

길을 오가느라 완전히 입맛을 잃었다. 모든 사람이
내 곁에 놓인 봇짐을 힐끗거린다. 그 속에 귀한 물건
이라도 들었을까 잔뜩 기대하는 모양이다. 나는 결국
창대를 시켜 보따리를 풀어서 속속들이 헤쳐 보였다.
다른 물건은 아무것도 없고 다만 붓과 벼루뿐이었다.
두툼하게 보인 건 모두 중국인들과 필담을 했던 초고
와 여행 중에 쓴 일기였다. 그제야 모든 사람들이 미
심쩍은 게 풀렸다는 듯이 웃으며 말한다.

"어쩐지 정말 이상하더라구. 출발할 땐 분명 행장이
가벼웠는데, 돌아온 땐 짐 보따리가 너무 크더라니."

장복도 머쓱해하면서 창대에게 소리를 지른다.

"별상금은 어디 됐냐?"_「환연도중록」, 8월 20일

7-2.
새로운 건 모두 눈에 담으리!

연이틀을 잠을 설친 탓에 해가 뜬 이후 노곤함이 더욱 심해졌다. 창대에게 굴레를 놓고 장복이와 더불어 양쪽에서 나를 부축하게 했다. 말 위에서 한숨 달게 잤더니, 정신이 비로소 맑아지고 주변 풍경이 한층 새롭게 다가왔다. 장복이가 말했다.

"아까 몽고인이 낙타 두 마리를 끌고 지나가던데요."

"뭣이라. 그런데 왜 나한테 알리지 않았느냐?"

창대가 대꾸했다.

"아, 천둥치듯 큰 소리로 코를 골며 불러도 아니 깨시는 걸 저흰들 어쩝니까요. 쇤네들도 생전 처음 보는 거라 뭔지는 똑똑히 모르겠으나 낙타가 아닌가 싶던 걸요."

"그 꼴이 어떻게 생겼더냐."

"참말로 형언하기 어렵습니다요. 말인가 하면 굽이 두 쪽이고, 꼬리는 소처럼 생겼고, 소인가 하면 머리에 뿔이 없는 데다 얼굴은 양같이 생겼고, 양인가 하면 털이 꼬불꼬불하지 않은 데다 등엔 두 봉우리가 솟았으며, 게다가 머리를 쳐들면 거위 같기도 하고, 눈은 꼭 청맹과니 같더군요."

"호, 과연 낙타로구나. 크기는 얼마만 하더냐?"

창대가 한 길이나 되는 허물어진 담을 가리킨다.

"높이가 저만 하더이다."

"이 다음부터는 처음 보는 물건이 있거든 졸 때건 식사할 때건 무조건 알려야 한다. 알았느냐?"_「성경잡지」, 7월 12일

짐을 싣고 나오는 낙타가 몇 천 몇 만이나 떼를 지어 간다. 큰 놈이나 작은 놈이나 할 것 없이 모두 엷은 흰빛에 누런빛을 살짝 띠었다. 털은 짧고 머리는 말과 비슷하지만 작은 눈은 양과 같고 꼬리는 소와 같다. 다닐 때에는 반드시 목을 움츠리고 머리를 쳐드는 것이 마치 날아가는 해오라기와 같다. 무릎에는 두 개의 관절 마디가 있고 발굽은 두 쪽으로 쪼개졌다. 걸음걸이는 학과 같고 소리는 거위와 같다.

옛날 가서한이 서하에 있을 때, 그의 주사관이 장안

으로 갈 때면 항상 흰 낙타를 타고 하루에 오백 리를 달렸다고 한다. 후진 개운開運 2년945년에 부언경符彦卿이 거란의 철요기鐵鷂騎를 대파하자 거란의 왕이 수레를 타고 달아났다. 이 때 적병이 급하게 추격해 오자 거란의 장수 덕광이 낙타 한 마리를 잡아 왕을 태워서 달아났다고 한다. 그런데 지금 낙타가 걸어가는 걸 보니 더디고 둔해서 추격해 오는 적군에게 사로잡히지 않았을까 의심이 든다. 아니면 그놈들 중에서도 석계륜이 탔던 소처럼 잘 달리는 녀석이 혹 있었을지도 모를 일이다.

고려 태조 때 거란이 낙타 사십 마리를 보내온 일이 있었다. 태조는 거란이 무도한 나라라고 생각해서 그 낙타들을 다리 밑에 열흘이나 묶어 둔 채 모두 굶겨 죽였다. 거란이 무도한 나라일지는 몰라도 낙타야 무슨 죄가 있겠는가. 낙타는 하루에 소금 몇 말과 꼴 열 단 정도를 먹는다. 우리나라는 목장의 규모가 작고 일꾼들이 몸집이 작아서 실로 이런 큰 짐승을 기르기가 어렵다. 또 낙타에 물건을 싣고 싶어도 집들이 나지막하고 골목이 좁아서 수용하기가 어렵다. 그러니 낙타는 쓸모없는 물건이 되고 만 것이다. 지금까지도 그 다리 이름을 '탁타교'橐駝橋라고 부르는데 개성 유수부에서 삼 리쯤 되는 거리에 있다. 다리 옆에는 '탁타교'라고 쓴 비석을 세웠지만, 이 지역 사람들은 그 냥 '약대다리'라고 부른다. 이 지역 사투리로 약대는 낙타, 다리는 교량이라는 뜻이다. 여기서 또 와전되어 '야다리'가 되었다. 내가 처음 개성에 놀러 갔을 때 탁타교를 물었더니 어디에 있는지를 아는 사람이 없었다. 아, 결국은 아무런 뜻도 없는 사투리만 남았구나. _「환연도중록」, 8월 17일

7-3.
호기심의 끝판 왕

축노인은 이야기를 멈추고 다시 글 베끼기에 여념이 없었다. 그 옆에 책이 다섯 권 놓였는데, 옛 사람들의 생년월일시가 열거되어 있었다. 하우씨夏禹氏·항우項羽·장량張良·영포英布·관우關羽 등의 사주가 두루 적혀 있다. 종이 몇 장을 빌려 대충 베꼈는데, 마침 점쟁이 이 선생이란 자는 자리에 없었다. 백 명 남짓 베꼈을 때쯤 점쟁이가 밖에서 돌아왔다. 내가 베껴 쓴 걸 보더니 후다닥 종이를 빼앗아 찢고는 '천기누설' 운운하며 방방 뜨고 난리다. 나는 껄껄 웃고 일어나 숙소로 돌아왔지만, 손에는 찢긴 종이가 반쪽이나 남아 있다.

왕서공王舒公은 신유 11월 1일 진시辰時 생.

부정공富鄭公은 갑진 정월 20일 사시巳時 생.

소자용蘇子容은 경신 2월 22일 사시 생.

왕정중王正仲은 계해 정월 11일 신시申時 생.

한장민韓莊敏은 기미 7월 9일 인시寅時 생.

채경蔡京은 정해년 임인월 임진일 신해시 생.

증포曾布는 을해년 정해월 신해일 기해시 생.

그중 한장민과 왕정중은 어느 때 사람인지 알 수 없으나, 두 사람 다 귀인인 듯했다. 이선생이란 자가 내뱉은 '천기누설'이란 말은 생각할수록 어이없고 아니꼬웠다. _「일신수필」, 7월 21일

7-4.
나, 이런 사람이야

이상한 소수민족들, 나는?

다락 아래에는 수레와 말들이 묶여 있고, 다락 위에
선 사람 소리가 벌떼나 모기떼처럼 웅웅거렸다. 발길
닿는 대로 올라가 보니, 계단이 열둘이다. 탁자를 빙
둘러 의자에 앉은 사람이 혹은 서넛, 혹은 대여섯씩
되었다. 모두 몽고나 회회인들인데, 무려 수십 패거
리나 되었다.

몽고인이 머리에 쓰고 있는 것은 꼭 우리나라 쟁반처
럼 생겼다. 두건이 없고 위는 양털로 꾸민 것을 누렇
게 물들였다. 혹 갓을 쓴 자도 있었는데, 모양은 우리
나라의 전립과 같았다. 혹은 등나무나 가죽으로 만들
어 안팎에 금칠을 하고, 혹은 오색 빛깔로 구름무늬

같은 것을 그렸다. 모두 누런 웃옷에 붉은 바지를 입었다.

회회인은 대체로 붉은 옷을 입었으나, 검은 옷을 입은 이도 많았다. 붉은 모직으로 고깔을 만들어 썼는데, 모자가 너무 길어 앞뒤로만 테를 둘렀다. 모양은 마치 돌돌 말린 연잎이 물 속에서 막 솟아 오른 것 같다. 또 약을 가는 쇠방망이처럼 두 끝이 뾰족하여 다소 경망스러워 보였다.

내가 쓴 갓은 전립, 즉 벙거지 비슷하여 은을 새겨 장식하고 꼭지에는 공작 깃을 꽂았으며 수정 끈으로 턱에 잡아매었다. 그러니, 저들 오랑캐 눈에는 내가 과연 어떻게 보일지.

술로 기세 꺾기

만주족이고 한족이고 간에 중국인은 하나도 없었다. 두 오랑캐들은 모두 사납고 우락부락하여 다락에 올라온 것이 심히 후회가 되었다. 하지만 이미 술을 청한 터라 그냥 나갈 수도 없기에 할 수 없이 좋은 의자를 골라 앉았다.

술집 심부름꾼이 와서 몇 냥 어치 술을 마실지를 묻

는다. 여기서는 술을 저울에 무게를 달아 판다. 나는 술 넉 냥을 따라 오라고 했다. 심부름꾼이 가서 술을 데우려 하기에 기세 좋게 외쳤다.

"어이! 데우지 말고 찬 술 그대로 달아 와!"

심부름꾼이 웃으면서 술을 따라 가지고 오더니 작은 잔 둘을 탁자 위에 먼저 벌여 놓는다. 나는 담뱃대로 그 잔을 확 쓸어 엎어 버렸다.

"큰 술잔으로 가져와!"

그러고는 큰 잔에다 술을 몽땅 따른 뒤, 단번에 주욱 들이켰다. 오랑캐들이 모두 눈이 휘둥그레진다. 호오 하는 탄성이 들리는 듯하다. 기가 꺾인 기색이 역력하다. 중국은 술 마시는 법이 점잖아서 한여름에도 반드시 데워 마신다. 심지어 소주까지도 데워 마신다. 거기다 술잔은 콩알만 하다. 그런데도 잔을 이에 대고 홀짝홀짝 마신다. 단번에 털어 넣는 법이 절대 없다. 다른 오랑캐들 역시 술 마시는 법이 대개 이런 식이다. 큰 잔으로 마시거나 한꺼번에 주욱 들이켜는 풍속 같은 건 일체 없다. 그러니 내가 넉 냥이나 되는 찬 술을 단숨에 들이켜는 걸 보고 얼마나 놀랐겠는가.

하지만 어디까지나 저들을 겁주기 위해 대담한 척 했을 뿐이다. 솔직히 겁쟁이가 호기를 부린 짓이지 용기 있는 행동은 아니다. 내가 찬술을 따라 오라고 했을 때 여러 오랑캐들의 눈이 휘둥그레졌고, 단숨에 주욱 들이켜는 걸 보고는 거의 기절 직전이었다. 겁 먹은 기색이 역력했다. 기선 제압에 성공한 것이었다. 그러고선 엽전 여덟 푼을 꺼내어 술값을 치르고는 여유 있게 몸을 일으키려는데, 아뿔싸! 오랑캐들이 모두 의자에서 내려 머리를 조아리며 다시 자리에 앉기를 청하는 게 아닌가. 그중 한 놈이 제 자리를 비우고는 나를 붙들어 앉힌다. 딴엔 호의를 베푼 것이다. 순간 내 등에서 식은땀이 흘렀다.

순간, 하나의 장면이 떠올랐다. 어린 시절, 하인들이 끼리끼리 모여서 술 마시는 걸 본 적이 있었다. 그때 주령酒令 가운데 이런 게 있었다. "평소 대문 앞을 지나치면서도 집이라곤 들어가 본 적이 없는데, 나이 일흔에 득남하고 보니 등에서 진땀이 흐르네."

내 성미가 본디 웃음을 참지 못하는 터라, 그걸 보고는 사흘간이나 허리가 시큰거릴 정도로 웃어 댔다. 오늘 아침 만 리 변방에서 예기치 않게 뭇 오랑캐들과 더불어 술을 마시게 되니 만약 주령을 세운다면 마땅히 '[술김에 호기 부리다] 등에서 진땀이 흘러내리네'라고 해야 할 것이다.

나의 속도 모르고, 한 오랑캐가 술 석 잔을 부어 놓고는 탁자를 두드리면서 마시기를 권한다. 나는 벌떡 일어나 사발에 남은 차를 밖으로 휙 내버린 다음, 거기다 석 잔을 한꺼번에 다 부어 단숨에 쭈욱 들이켰다. 잔을 내려놓자마자 즉시 몸을 돌려 한 번 읍한 뒤 큰 걸음으로 후다닥 층계를 내려왔다. 머리끝이 쭈뼛하여 누군가 뒤에서 쫓아오는 것만 같았다.

나는 황급히 한참을 걸어 큰길까지 나와서야 비로소 크게 한숨을 내쉬었다. 다락 위를 쳐다보니, 웃고 지껄이는 소리가 왁자했다. 아마도 나에 대해 떠들어대는 모양이다. _「태학유관록」, 8월 11일

7-5.
언제 어디서나, 예민한 촉수!

동틀 무렵 길을 떠났다. 차화장車花莊, 사자교獅子橋를 지나니 행궁이 있다. 목가곡穆家谷에 이르러 점심을 먹고 즉시 길을 나섰다. 석자령石子嶺을 지나 밀운에 이르자 청나라 종실의 모든 왕과 보국공輔國公: 황실로서 봉토와 작위를 받은 자, 수많은 관리들이 제가끔 연경으로 돌아가느라고 길에 잇닿아 있다. 백하에 와 보니 나루에 모여든 사람들이 서로 먼저 건너려고 시끄럽게 다툰다. 한꺼번에 건너기 어려워서 이제 막 부교를 매고 있다. 대부분 돌을 운반하는 배들이었고, 사람이 타고 건널 수 있는 배는 한 척밖에 없다. 지난번 열하로 들어갈 때에는 군기가 나와서 우리를 맞이해 주고 낭중은 강을 건너는 일을 감독하고 황문黃門은 길을 인도해 주었다. 제독과 통관들이 친히 강가에서 채찍으로 지휘하여 그 기세가 산을 꺾고 강을 메울 만큼 당당했는데, 이제 연경으로 돌아오는 길에는 근신近臣의 보호와 전송은커녕 황제 또한 한마디 위로의 말씀도 없다. 사신들이 번승 접견하기를 꺼려한 탓이다. 열하로 갈 때와 올 때의 대우가 이토록이나 달랐다.

저 백하는 며칠 전에 건너던 물이고 모래 언덕은 지난번에 서 있던 곳이다. 제독이 손에 들고 있는 채찍이나 물 위에 떠 있는 배도 그때와 같은 것이다. 그러나 제독은 말 한마디 없고 통관은 그저 머리를 숙이고 있다. 저 강산은 유구한데 세상 인심은 삽시간에 달라져 버렸다.

아! 대저 시세時勢란 이렇게 믿지 못할 것이로구나. 권세가 있을 적에는 모두들 미친 듯 달려오더니, 눈 한 번 돌리는 사이에 시세가 바뀌고 대접은 싸늘해진다. 어디에도 기댈 데 없이 마치 진흙소가 바닷물에 풀어지듯, 얼음산이 햇빛에 녹아 버리듯, 천고의 모든 일이 이처럼 흘러가니 이 어찌 슬프지 않으리오.

갑자기 먹장구름이 사방을 뒤덮더니 바람과 우레가 크게 일어난다. 갈 때에 비하면 그렇게 무서운 정도는 아니었지만, 갈 때나 올 때 모두 이런 폭우를 만나는 게 참으로 이상하다. _「환연도중록」, 8월 18일

『열하일기』(熱河日記) 원목차

園山) | 만수산(萬壽山) | 태화전(太和殿) | 체인각(體仁閣) | 문화전(文華殿) | 문연각(文淵閣) | 무영전(武英殿) | 경천주(擎天柱) | 어구(御廐) | 오문(午門) | 묘사(廟社) | 전성문(前星門) | 오봉루(五鳳樓) | 천단(天壇) | 호권(虎圈) | 천주당(天主堂) | 양화(洋畫) | 상방(象房) | 황금대(黃金臺) | 황금대기(黃金臺記) | 옹화궁(雍和宮) | 대광명전(大光明殿) | 구방(狗房) | 공작포(孔雀圃) | 오룡정(五龍亭) | 구룡벽(九龍壁) | 태액지(太液池) | 자광각(紫光閣) | 만불루(萬佛樓) | 극락세계(極樂世界) | 영대(瀛臺) | 남해자(南海子) | 회자관(回子館) | 유리창(琉璃廠) | 채조포(綵鳥舖) | 화초포(花草舖)

알성퇴술(謁聖退述)

순천부학(順天府學) | 태학(太學) | 학사(學舍) | 역대비(歷代碑) | 명조진사제명비(明朝進士題名碑) | 석고(石鼓) | 문승상사(文丞相祠) | 문승상사당기(文丞相祠堂記) | 관상대(觀象臺) | 시원(試院) | 조선관(朝鮮館)

앙엽기(盎葉記)

앙엽기 서(序) | 홍인사(弘仁寺) | 보국사(報國寺) | 천녕사(天寧寺) | 백운관(白雲觀) | 법장사(法藏寺) | 태양궁(太陽宮) | 안국사(安國寺) | 약왕묘(藥王廟) | 천경사(天慶寺) | 두로궁(斗姥宮) | 융복사(隆福寺) | 석조사(夕照寺) | 관제묘(關帝廟) | 명인사(明因寺) | 대륭선호국사(大隆善護國寺) | 화신묘(火神廟) | 북약왕묘(北藥王廟) | 숭복사(崇福寺) | 진각사(眞覺寺) | 이마두총(利瑪竇塚)